자연사박물관

# 자연사박물관

**이수경 소설집**

강

# 차 례

자연사박물관

크리스마스 날 아침, 그와 그의 아내는 아들과 딸을 차에 태우고 어느 도시에 있는 자연사박물관으로 떠났다. 박물관은 한 번도 가본 적이 없는 곳에 있었다. 새로 만들어진 도시였다. 시내를 지나 터널 공사 중인 산을 넘어야 했다. 운전은 아내가 했다. 아내는 운전에 서툴렀고 겁에 질려 있었다. 자동차는 시속 60킬로미터를 줄곧 유지하고 있었다. 아내는 아, 속도가 너무 빨라, 하고 중얼거렸다. 옆 차선으로 차들이 휙휙 지나갔다. 어떤 차는 경적을 울리며 신경질적으로 추월하기도 했다.

아내가 운전하는 차는 자주 비틀거렸다. 아들과 딸은 흔들리는 놀이기구를 타는 기분이라고 떠들어댔지만, 그는 불안하고 지루한 시간을 말없이 견디고 있었다.

작년 겨울, 그는 음주운전으로 면허를 취소당했고 많은 액수의 벌금을 내야 했다. 아내가 사준 중고차를 몰고 집으로 돌아가던 밤이었다. 번화가를 지나 2차선 도로로 꺾어지는 모퉁이에서 경찰이 그의 차를 잡았다. 경찰은 새로 생긴 카센터 건물 뒤에 숨어 있었다. 그는 만취 상태였다.

"쥐새끼 같은 놈들……"

그는 젊은 경찰을 노려보며 중얼거렸다.

경찰 중 한 명이 그의 팔을 잡아 경찰차에 태웠다. 창밖으로 불빛이 어지럽게 지나갔다. 잠시 후, 크고 단단한 손이 그의 어깨를 눌러 경찰서 의자에 앉혔다. 그는 휴대폰을 꺼내 아내에게 전화를 했다. 경찰서라고 말하자 아내의 목소리가 떨리기 시작했다. 그는 횡설수설하며 만취 상태의 음주운전에 대해 설명했다. 몇 시간쯤 조사를 받아야 하지만 걱정하지 말라고 여러 번 말했다.

"걱정 마, 이건 아무 일도 아니야, 절대로 걱정하지 마."

옆에 앉아 있던 경찰이 빨리 끊으라고 소리를 버럭 질렀다. 쥐새끼 같은 젊은 경찰은 아니었다. 젊은 경찰은 먹이를 물어와 둥지에 던지듯이 그를 경찰서에 집어넣고는 다시 밤거리로 사라졌다.

경찰이 소리를 지르자 그의 아내도, 누구야, 누가 당신한테 그러는 거야? 하며 함께 소리를 질렀다. 자신 때문에 흥분하고 있는 아내의 목소리를 듣자 그는 울컥, 감동적인 마음이

들었다.

아내는 경찰에게 조금도 밀리지 않았다.

"여기가 당신 집이야?"

"누구든 당신을 건드리기만 해봐."

경찰과 아내의 목소리가 그의 귓속을 엇갈리며 지나다녔다. 가슴이 울렁거리며 현기증이 났다. 그는 경찰서에 앉아 있는 자신이 낯설고 불안한 존재로 느껴졌다. 빨리 아내 곁으로 돌아가고 싶었다.

"괜찮아, 괜찮아…… 어서 거기서 나와."

아내의 목소리는 따뜻하고 침착했다. 순간, 아내가 대학 시절, 그리고 연애 시절의 그녀처럼 느껴졌다.

새벽 무렵에 그가 집으로 돌아갔을 때, 아내는 불을 환하게 켜둔 채 거실에 앉아 졸고 있었다. 그는 경찰서에서 들었던 감동적인 말을 떠올리며 아내의 다리를 베고 누웠다. 그대로 잠들면 지난밤의 긴장과 피로가 조용히 물러날 것 같았다. 그러나 아내는 신경질적으로 다리를 흔들어 그를 밀어냈다. 머리가 바닥에 쿵, 떨어졌다. 그는 집으로 돌아왔지만 그녀는 더 이상 다정한 애인이 아니었다. 그와 그녀의 따뜻한 우정과 사랑은 사라졌고, 그들을 기다리고 있던 것은 잃어버린 운전면허에 대한 대책과 벌금뿐이었다.

아내는 운전학원에 속성코스로 등록했다. 그녀는 문제집이 더러워질 때까지 주의를 기울여 공부했다. 시험 전날 밤에는 그에게 문제를 내보라고 했다. 그렇게까지 할 필요는 없다고 그가 말했지만, 반복하지 않으면 기억할 수 없을 거라며 고집을 부렸다.

아내는 필기시험에서 100점으로 합격했다. 점수를 부를 때 사람들이 박수를 쳤다고 말했다. 그녀는 코스에서 턱걸이로 합격했고 도로주행시험에서 두 번 떨어진 후 세번째 주행에서 마침내 면허증을 받았다.

"인생이 바뀔 것 같아."

처음으로 아내가 운전석에 앉고 그가 조수석에 앉아 도로로 나간 날, 그녀는 떨리는 목소리로 말했다. 그러나 아내는 속도를 제대로 내지 못했다. 그녀가 견뎌내는 속도는 고작 시속 40킬로미터였다. 차들이 달려드는 도로에서 40킬로미터로 달릴 수는 없는 노릇이었다.

"이건 세상에서 가장 어려운 일이야."

그녀는 진심으로 낙담하고 슬퍼했다.

그가 운전면허를 잃고 그녀가 속도를 내지 못하자 그들이 함께했던 일상은 대부분 정지되었다. 주말에 쇼핑센터를 돌며 시식코너를 기웃거리거나 중고 서점에서 필요 없는 책을 팔고 싼 값에 책을 사며 즐거워하던 일, 아이들을 데리고 동물원에 가는 것 같은 사소한 일도 꿈꿀 수 없었다. 아침마다 각자 버스를 타고 출근해야 했다. 그러기 위해서는 30분은 일찍 일어나야 했다. 속도를 잃자 그들은 무기력해졌다. 그는 그녀가 속도를 내지 못하는 것이 못마땅했고, 그녀는 그가 운전면허를 잃은 것이 짜증스러웠다.

어쩔 수 없이 차를 사용해야 하는 날에는 면허가 없는 그가 운전을 했고 아내가 조수석에 앉아 동행했다. 아내는 그의 비공식적인 면허증과도 같았고 그는 그들의 속도였다. 만일 사고가 나거나 검문이 있다면 곧바로 자리를 바꿔 앉아야 한다고 그가 말했다. 그 상황을 대비해 신속하게 자리를 바꾸는 연습을 해보자고 말한 것은 그녀였다.

이 사실이 누군가에게 알려진다면 망신을 당하거나 곤란한 처지에 놓이겠지만, 모두 지난 일이었다. 검문도 사고도 일어나지 않았던 크리스마스 날 아침, 늘 조수석에 앉던 아내는 운전석으로 자리를 바꿔 앉았다. 그녀는 의자를 당기고 안전벨트를 맸다. 이제 그녀 스스로 운전해야 했다. 아이들과 함께 마지막으로 박물관에 다녀온 후, 그는 한동안 집으로 돌아올 수 없을 것이었다. 차도 운전도 아내의 몫이 되었다.

크리스마스치고는 날씨가 너무 따뜻했다. 눈 같은 것은 내리지 않았고 아무도 크리스마스에 눈이 내리기를 기다리는 것 같지도 않았다. 계절의 경계가 흐려지고 모두가 이상기후에 익숙해진 듯했다. 곧, 눈이라는 물질은 지상에 떨어지기도 전에 허공에서 사라질지도 모르고, 그러면 사람들은 그 빛나는 것을 기억하지도, 그 이름을 부르지도 못할 것이다.

"참 좋지 않은 시대야."

그는 코트를 벗어 뒷좌석에 던지며 중얼거렸다. 원시공동체, 노예, 봉건, 자본, 사회, 공산 같은 말들을 차례로 떠올렸고, 식민지, 노동계급, 독점자본 같은, 자신과 아내가 대학생이었을 때 함께 공부했던 단어들도 떠올려보았다. 말하자면 인간이 어떤 방식으로 살아가고 있느냐는 것인데, 그런 것을 떠올릴 때마다 뭔가 새로운 희망이 생기는 것 같기도 했고 반면, 끝없이 진화하는 인간의 삶이 끔찍하게 느껴지기도 했다. 더구나 그가 다니는 회사의 노동조합은 만들어진 지 불과 몇 달 만에 추락하고 있었다. 해고와 누군가의 죽음과 가난과 슬픔이 한꺼번에 그들 곁을 지나갔다. 추락은 쉽게 왔고, 그가 할 수 있는 일은 몇 가지 남아 있지 않았다.

'어떻게 존재할 것인가. 또 다른 어떤 것이 존재할 수 있을까. 삶이 너무 잔혹해. 그러나 잔혹의 끝에서 새로운 방식이 생겨나는 거지. 크리스마스에도 눈이 내리지 않는 것, 환경운동을 하는 것, 자연으로 돌아가는 것, 사막으로 가는 것, 애완동물을 키우는 것, 도를 닦는 것, 종교에 귀의하는 것, 이단을 만드는 것, 자살하는 것, 노동조합을 만드는 것, 그리고 지상을 버리고 어딘가로 올라가는 것…… 이 모든 것들은 잔혹의 끝인가, 또 다른 시작인가.'

그가 두서없는 생각에 잠겨 있을 때, 차가 심하게 흔들렸다. 아내가 비명을 질렀다.

좁은 이차선 도로 반대쪽 차선에서 달려오던 덤프트럭이 그들의 차 옆으로 거칠게 지나갔다. 아내는 공포에 질려 핸들을 급하게 꺾고 있었다. 깎아놓은 산비탈 쪽으로 차가 처박힐 것 같았다. 놀란 아이들이 소리를 질렀다. 그는 핸들을 잡고 백미러를 보았다. 다행히 따라오는 차는 없었다.

"브레이크를 밟아, 천천히……"

그는 두려움으로 허둥대는 아내를 위해 침착하게 말했다.

그가 아내의 손 위에 손을 겹쳐 잡고 핸들을 돌리자, 아내는 브레이크를 밟았다. 그들의 중고차는 갓길에 무사히 세워졌다.

"죽는 줄 알았어."

아내가 몸을 부들부들 떨었다.

"아직은 안 죽어."

그는 담배를 물고 차에서 내렸다. 햇살이 그늘진 갓길의 건너편을 노랗게 비추고 있었다. 어디선가 새소리가 들려왔다. 까마귀 소리였다. 까마귀는 우는 것이 아니라 짖는 것 같았다. 차 안은 조용했다. 아내는 10년 전에 입었던 검은 코트를 입고 있었다. 그가 벗어놓은 코트와 같은 것이었다. 결혼하던 해 겨울에 그들로서는 꽤 많은 돈을 지불하고 코트 두 벌을 샀다. 똑같은 코트를 입고 똑같이 걸어갈 것이라고 믿었던 시절이었다. 아침에 그는 그 코트를 입지 않으려고 했다. 그의 아내는 왜 안 입으려고 하는지 물었다. 그는 불편하다고 대답했다.

"너무 고와."

그 말 뒤에 그는, 나 같은 노동자가 입기엔 어쩐지, 라고 덧붙였다. 그래도 그녀는 입으라고 했고 그는 마지못해 입었다. 아내와 같은 코트를 입는 날이 돌아오지 않을지도 모른다고 생각했다. 코트는 그에게도 아내에게도 너무 헐렁했고 똑같은 코트였지만 다른 코트처럼 느껴졌다.

전에 아내는 그 코트에 갈색 부츠를 신었다. 승마용 부츠처럼 굽이 낮고 견고해 보이는 신발이었다. 그녀는 늘 같은 코트에 같은 신발을 신고 씩씩하게 걸었다. 을지로에서 싸구려 노트북을 산 것도 그 무렵이었다. 무겁고 검은 노트북이었다. 그녀는 노트북 안에 무언가를 잔뜩 썼다. 그는 아내가 쓰는 것이 연애소설일 것이라고 추측했다. 아내는 연애를 좋아했다. 그를 만나기 전에도 연애 경험이 많았다고 그에게 고백했다. 그의 고향으로 가는 중앙선 기차 안에서였다. 아내가 연애 경험이 많다고 고백했을 때, 그는 낯선 남자와 그녀가 알몸으로 엉켜 있는 모습을 떠올렸지만 다른 내색을 할 수는 없었다. 그도 아내에게 단 한 번의 연애 경험에 대해 이야기했다. 아내는 믿지 못하겠다는 듯 피식 웃었을 뿐 더 이상 묻지 않았다.

아내가 아직도 연애를 좋아하는지는 알 수 없었다. 그는 차라리 포르노를 좋아하지 연애를 좋아하지는 않았다. 연애는 한 번이면 족하다는 것이 그의 입장이었다. 그는 이따금 아내가 잠든 시간에 포르노를 봤다. 아내는 그가 포르노를 보는 것을 싫어했다. 그는 포르노와 연애가 특별히 다른 것이 아니라고 생각했지만, 그녀는 포르노와 연애는 매우 다른 것이라고 생각했다. 그는 포르노에서 본 체위를 아내에게 시도해보고 싶었으나 실제로 해본 적은 없었다. 결혼 후 아내는 섹스를 좋아하지 않았다.

언젠가 아내가 말했다.

"말하자면 섹스를 하기 전까지가 연애지, 그다음은 포르노야."

"그럼 우리는 포르노구나?"

"피곤해……"

아내가 연애를 말하는 것인지 포르노를 말하는 것인지 피곤을 말하는 것인지 알 수 없었다.

그와 그의 아내는 오랫동안 함께 잠자지 않았다. 그러기 시작한 것은 아내 쪽이었다. 아내가 처음부터 그런 것은 아니었다. 연애 시절, 그들은 매우 감각적인 사랑을 나눴다. 아내의 내부는 깊고 따뜻했다. 빨아들일 듯 흥분하는 것은 언제나 아내 쪽이었다. 지금 섹스하지 않는 아내는 연애를 하고 있는 걸까, 아직도 연애소설을 쓰고 있는 걸까, 다만 피곤한 걸까.

아내는 운전석에 앉아 그늘진 산비탈을 바라보고 있었다. 피곤하고 불안한 모습이었지만 아직 연애하기에 충분히 아름다운 것 같기도 했다.

도로 쪽에 있던 햇빛이 그들이 있는 갓길 쪽으로 조금 옮겨
왔다. 그는 담배 연기를 길게 뿜었다. 아내도 한때는 담배를
잘 피웠다. 폐활량이 좋았던 것인지 다른 사람의 담배보다 빨
리 타들어갔다. 그녀의 술잔 옆에 놓인 재떨이에는 언제나 더
많은 담배꽁초들이 쌓이곤 했다.

담배를 잘 빨던 아내의 폐는 금방 나빠졌다. 그녀는 담배를
피우지 않는 대신 이따금 한밤중에 무언가를 먹고 싶어 했다.
어느 늦은 밤, 그녀는 그에게 닭똥집을 사다 달라고 말했다.

"여보, 닭똥집, 그거 맛있더라."

"무슨 그런 걸 먹는다고 그래?"

"전에 당신이 사와서 혼자 먹었던 것 말이야."

"그때는 안 먹었잖아."

"당신이 두 개를 남겼었어. 그걸 먹었거든."

"그래도 나는 닭똥집은 못 사온다. 밖이 너무 추워."

그가 못 사온다고 말하자 그녀는 견딜 수 없이 닭똥집을 먹
고 싶어 했다. 세상에서 가장 맛있는 것을 찾아낸 사람처럼
'그것'을 사다 달라고 졸랐다. 그는 끝내 나가지 않았다. 밖은
추운 겨울밤이었다. 아내는 냉장고에 반쯤 남겨진 소주를 꺼
내 한 잔을 마시더니 싱크대에 뒤돌아서서 그릇을 달그락거
리며 씻기 시작했다. 그런 투정이 그는 더 이상 사랑스럽지
않았다. 귀찮아! 귀찮았다. 그녀는 그릇을 달그락거리다 못해

벽에 던져버리고 싶어 하는 것 같았다. 마지못해 그가 주섬주섬 바지를 챙겨 입고 있을 때 그녀는, "닭똥집 같은 거, 필요 없어!" 하고 말했다. 무척 슬픈 일을 당한 사람처럼 절망하는 표정이었다. 그 모습이 웃기기도 하고 슬프기도 했다. 아내는 왜 그렇게 사소한 사람이 되었을까. 어쩌자고 닭똥집 같은 것에 분노하고 슬퍼하게 되었을까. 어쩌면 아내에게 닭똥집 따위가 중요한 것은 아닐지도 몰랐다. 그가 남긴 것 두 개를 먹었다는 말은 사실이 아니었다. 아내는 닭똥집을 먹지 못한다. 그녀는 왜 추운 겨울밤에 먹지도 못할 것을 먹겠다고 고집을 부렸을까. 그 후로도 그녀는 닭똥집 얘기를 두고두고 오랫동안 했다. 닭똥집을 사다 주지 않는 그에 대한 이야기였다. 어쩌면 사랑에 관한 이야기였을지도 모른다.

그녀에게 닭똥집을 사다 줄 수 있었던 그 겨울밤으로 돌아갈 수만 있다면!

그러나 아내는 이제 섹스도 하지 않고 담배도 안 피우고 더이상 추운 밤에 닭똥집 따위를 사달라고 조르지도 않는다.


머리 위에서 까마귀들이 다시 어지럽게 깍깍 짖어대기 시작했다.

소리로 존재를 알리는 것들, 지난여름에는 유난히 벌레들이 극성을 부렸다. 특히 매미가 그랬다. 이상기후로 인해 잘못 우화된 것일까, 하는 생각이 들 정도로 수가 불어났다. 여

름내 그 소리가 귓가에 쟁쟁 울렸다. 매미 소리는 더 이상 한
가로운 여름의 배경음악이 아니었다. 맹렬하고 위협적이기까
지 했다. 나무를 흔들어보면 검은 벌레들이 우두둑 떨어질 것
만 같았다. 어떤 것들은 집 안으로 들어와 날개를 털며 돌아
다니다가 아침이 되면 문 뒤쪽이나 책상 밑에 뒤집힌 채 죽어
있었다.

알에서 부화한 매미는 3년에서 17년까지의 긴 시간 동안
유충 생활을 한다던가? 15차례가량 허물을 벗고 성장한 끝에
비로소 매미로 우화한다고 했던가? 겨우 한 달쯤 땅 위에서
울다 죽는 것들…… 한 달이나 3년, 17년같이 시간을 통해서
이야기되는 것들의 몸은 '시간이라는 성분'으로 만들어진 것
일지도 모른다. 손에서 말라 바스러지는 매미의 날개는 흩어
지는 시간, 그 자체가 아닐까. 눈에 띄지 못한 매미의 주검은
어딘가에서 말라 부스러져 갔을 것이다.

그는 아침마다 죽은 매미들을 집어 휴지통에 버리고 공장
으로 갔다. 잠에서 깨어난 그의 아내는 휴지통 바닥에 버려진
매미들을 다시 목련나무에 던져주고 우체국으로 출근했다.
그녀는 아침 아홉시부터 오전 내내 걸려오는 전화를 받았다.
우체국의 비정규직인 택배 인바운드 상담 직원으로, 택배 주
문을 받거나 민원을 상담하는 일이었다.

"그러니까 내가 아침에 와서 가져가라고 했잖아."

흥분한 남자가 반말로 지껄였다.

"고객님, 분명히 오후에 방문하는 것으로 기록되어 있습니다."

그녀는 침착하게 말했다.

"씨발, 정말 이런 식으로 할 거야?"

남자의 목소리는 혀가 튀어나오기라도 할 듯 험악했다. 휴대폰이 울렸다. 그였다. 휴대폰 액정에 '12:54'가 찍혀 있었다. 그녀는 그의 전화를 연결해 왼쪽 귀에 대고 남자와 통화 중인 수화기를 오른쪽에 붙였다.

"고객님, 곧 다시 방문해서 조치하도록 하겠……"

그녀가 오른쪽에 대고 말했다.

"노조가 만들어졌어, 한 시간 전에."

그가 왼쪽에서 말했다.

"필요 없어!"

남자가 오른쪽에서 말했다.

"30년간 무노조였지. 회사에서 아주 놀란 눈치야."

그가 흥분된 목소리로 왼쪽에서 말했다.

"야, 너 누구야? 너 이름 대!"

남자가 말했다.

"곧 저쪽에서도 대응을 하겠지."

그가 말했다.

"이름을 대란 말이야, 씨발년아! 모가지를 잘라버릴 거야."

유리창으로 쏟아져 들어오는 따가운 햇볕과 그의 목소리와 남자의 욕설, 그녀는 가슴이 울렁거렸다. 휴대폰 액정화면에 '1:00'이 찍혀 있었다. 그녀는 오른쪽 수화기를 내려놓고 왼쪽에 들고 있던 휴대폰을 껐다. 왼쪽이 남자였는지 오른쪽이 그였는지, 아니면 그 반대였는지 기억나지 않았다. 누가 어느 쪽이든 비슷한 위협처럼 느껴졌다. 그녀는 창구 밖으로 나가 미리 준비해놓은 등기우편을 우편물 담당자에게 건네주었다. 또? 우편물 담당자가 물었다. 응, 또. 그녀가 대답했다. 그녀가 쓴 연애소설은 이번에도 어느 담당자의 손에서 버려질지도 몰랐다.

그날 저녁, 그녀는 등 푸른 생선과 제철이 지난 싸구려 과일을 사들고 집으로 돌아갔다. 생선을 굽고 있을 때 낯선 남자들이 문을 두드렸다. 회사 측 노무 담당자였다. 그녀는 남편이 아직 돌아오지 않았다고 말했다. 남자들은 그를 찾아온 것이 아니라 그녀를 찾아온 것이라고 정중하게 대답했다. 회사는 절대로 노조를 용납하지 않을 것이니 불행한 사태가 생기기 전에 남편을 말려달라고 두 남자가 번갈아가며 이야기했다. 어느 틈에 다가온 것인지 떠돌이 개 한 마리가 그들이 가져온 과일상자 주변을 얼쩡거렸다. 남자들은 언짢은 표정을 지으며 안으로 들어가서 얘기하자고 말했다. 그녀가 마지못해 문 앞에서 비켜서자, 남자들은 어깨를 약간 구부리고 어둑해진 집 안으로 들어왔다.

그들은 노조의 불필요성과 노조로 인해 예측되는 불행에

대해서 이야기하기 시작했다. 그들은 예의를 갖췄지만 웃지는 않았다. 두 남자가 서로 의견이 맞는다고 볼 수는 없었다. 통통하고 키가 작은 남자는 임무에 충실하려는 자세였고, 키가 크고 검은 테 안경을 쓴 남자는 어쩔 수 없이 고용된 자신의 처지가 부담스러운 듯 괴로운 표정을 짓곤 했다.

"아, 아이들이 아직 어리군요. 저희도 어쩔 수 없이……"

검은 테 안경이 말했다.

"노조는 절대로 안 됩니다!"

통통한 남자가 검은 테 안경의 말을 가로챘다. 남자는 더 강경한 어투로 말하려고 노력했다. 그녀는 시간이 늦었다는 듯 시계를 보며 하품을 했다. 검은 테 안경을 쓴 남자가 가지고 온 복숭아 상자를 식탁 위에 올려놓았다. 아이들은 남자들과 그녀를 힐끗거리며 복숭아 주변을 왔다 갔다 했다.

"복숭아 먹어도 되나요?"

아이가 귓속말로 물었다.

그녀는 눈을 흘기며 아이들을 돌려보냈다.

남자들이 돌아간 후 아이들은 저녁 내내 복숭아를 먹었다. 그녀가 구워 놓은 등 푸른 생선은 푸른 등을 잃고 식탁 위에 그대로 남아 있었다. 복숭아를 먹은 아이들의 배가 볼록해졌다. 세상에 그렇게 탐스럽고 보드랍고 달콤한 과일은 처음이었다. 그만큼 그들이 가져온 복숭아의 빛깔과 모양은 아름다웠다. 그녀는 남편이 오면 남자들이 다녀간 것과 아름다웠던 복숭아에 대해서 이야기해주고 싶었지만, 그날 밤 그는 돌아오지 않았고 복숭아의 존재도 알지 못했다.

매미들이 껍질만 남기고 모두 사라져갈 무렵, 그들이 말한 '불행한 사태'가 왔다. 회사는 노동조합을 용납하지 않았고, 그는 해고되었다. 정오가 지나면 매일 공장 앞마당에서 점심 집회를 하고 밤에는 철야농성을 했다. 가을이 지나고 겨울이 되었다. 나이 든 노동자들은 무릎 사이에 얼굴을 파묻고 있다가 추위를 피해 하나둘씩 공장으로 들어갔다. 누군가는 회사 쪽에 설득 당하고, 몇몇은 그와 함께 해고되었다. 크리스마스가 다가올 때까지 그는 아내에게 한 푼도 가져다주지 못했다. 통장이 압류되고 재판에 불려 나갔다. 회사 측에서 보낸 '손해배상 청구서'가 날아들었다. 음주운전으로 내야 했던 벌금과는 비교도 되지 않는 큰돈이었다. 경찰서 의자에 앉아 '절대로 걱정하지 말라'고 했던 위로는 헛소리였을까. 그렇다 해도, 그는 아내가 어떤 경우라도 견딜 수 있을 것이라고 믿었다. 경찰서에 있던 그에게 따뜻한 위로를 하던 아내, 그를 위해 경찰에게 소리를 지르던 아내, 비록 운전을 할 수는 없지만 100점을 맞고 딴 면허증을 들고 조수석에 앉아주던 아내는 언제까지나 그를 위로하고 견뎌줄 것이었다.

"당신은 다른 여자들이랑 달라, 사랑해."

술에 취해 집으로 들어온 어느 날 밤, 그가 그녀에게 말했다.

"사랑 같은 거, 필요 없어!"

닭똥집 때문에 낙담하던 그날 밤처럼, 그녀가 그에게 말했다.

모든 것은 아내의 몫이었다. 그의 아내는 얼마쯤 모아두었던 적금과 보험을 깬 돈으로 카드 값을 막고 쌀을 샀다. 아이들의 피아노와 방문 학습지 수업을 그만두게 했다. 공과금이 밀리자 전기 공급을 중단하겠다는 통보를 받았다. 고작 우체국 비정규직 상담 직원으로 그녀가 받는 급여 70만 원이 그들이 가질 수 있는 전부였다.

그녀는 똑같은 모양의 백금 결혼반지 두 개를 팔았다. 보석상 주인은 얼마간의 돈을 건네주고 그들의 반지를 서랍 깊숙이 넣었다. 거리로 나왔을 때, 참고 있던 눈물이 뚝 떨어졌다. 삶의 어떤 순간을 낯선 곳에 버려두고 떠나온 것만 같았다.

매운바람이 수그러들고 지나치게 따뜻한 날이 계속되던 어느 날, 딸의 머리에서 검은 벌레 한 마리가 떨어졌다. '머릿니'였다. 한동안 이 벌레가 아이들 사이에서 집단 번식했다. 머릿니는 아이들의 머리에서 머리로 옮겨 다녔고 빠르게 번졌다. 급기야 유치원과 학교에서는 대대적인 용의검사를 해야만 했다. 머리카락에 벌레가 살지 못하게 하기 위해서는 매우 장기적인 관리가 필요했다. 아이들은 서로 누구누구에게서 옮은 거라고 말했지만, 누가 처음 머릿니를 퍼뜨렸는지 알 수 없었고, 누구의 머리에서 머리로 옮겨 다니는 것인지도 몰랐다. 자신이 처음 퍼뜨린 사람일지도 모르는 가능성에 대해서 애써 생각하지 않을 뿐이었다.

"요즘 같은 때 머릿니라니."

아내가 머릿니에 대해 이야기하자 그는 시큰둥하게 중얼거렸다.

"이상기후 때문이야, 겨울에도 날씨가 너무 따뜻하거든, 더구나……"

"더구나?"

"여자들이 다 일하러 나가."

"여자들 때문에?"

"가난한 동네라서 그래, 가난 말이야."

그녀의 말에 의하면 머릿니가 퍼지기 시작한 것은 이상기후와 가난한 동네의 여자들 때문이었다. 그렇다면 딸의 머릿속에 기어 다니는 머릿니는 그녀에게서 나온 것임이 분명했다. 그가 집으로 돌아오지 못한 날들, 늘 나란히 붙어서 잠자던 아내와 아들과 딸은 서로에게 머릿니를 전염시켰을 것이다.

셋은 알몸으로 목욕탕에 들어가서 머리에 약을 뿌렸다. 딸은 욕조에, 아들은 변기 위에, 아내는 바닥에서 설명서대로 약을 뿌린 채 10분 정도를 그대로 앉아 있었다. 그것을 보고 있던 그는, 모두 침팬지 우리로 보내야 해, 하고 농담을 했다. 아들과 딸은 깔깔거리며 웃었고 그의 아내는 웃는 것인지 찡그리는 것인지 알 수 없는 표정을 지었다.

"내일 아침 열시에 동물원에서 만나자."

그가 동물원 이야기를 했을 때, 아이들은 정말 동물원 앞에서 만나야 할 것처럼 일찍 이불 속으로 들어갔다. 다음날 아침, 그들은 동물원 같은 것은 까마득히 잊었다.

'동물원으로 갈 걸 그랬나? 그런데 벌레들은 모두 사라졌을까?'

그는 뒷좌석을 돌아보았다. 문득, 아이들의 머리카락 속을 들여다보고 싶은 충동을 느꼈다. 검은 벌레들이 여전히 아이들의 머릿속을 기어 다니는 것은 아닐까. 가난한 동네의 여자들이 퍼뜨려놓은 머릿니가 아내와 내 머리카락에도 수없이 많은 서캐를 까놓고, 알에서 깨어난 벌레들이 그 속을 바글거리며 기어 다니는 것은 아닐까.

그는 머릿니에 대해서 좀더 신중하게 대처하지 못한 것이 후회스러웠다. 그러나 그 머릿니라는 것은…… 소멸시키기 어려운, 매우 장기적인 관리가 필요한 것이 아닌가. 더구나 지금과 같은 이상기후에는 누구도 예측할 수 없는 곳에서 빠르게 번식하는 징그러운 벌레들이 아닌가.

아내는 운전석을 당기고 다시 안전벨트를 맸다. 시끄럽게 울던 까마귀들이 다른 나무를 찾아간 것인지 주변은 적막했다. 그녀는 속도를 조금씩 올리기 시작했다. 핸들을 꽉 붙잡고 있던 손에 힘을 빼고 이따금 백미러를 통해 도로를 살피기도 했다. 트럭이 지나간 후에 아내는 한결 과감하고 침착했다. 그들의 차는 조심스럽지만 부드럽게 달렸다. 뒷좌석에 앉아 있던 아이들은 잠들었고, 그는 조수석에 얌전히 앉아 간간이 길을 알려주곤 했다.

차는 터널 공사를 하고 있는 산을 빠져나가 박물관이 있는 신도시로 들어갔다. 대개 신도시라는 것이 사람들은 종적도 없이 사라지고 아파트와 잘 꾸민 정원, 산책길이나 도로만 있는 가상의 도시처럼 보이듯이, 그곳 역시 사람의 그림자를 찾기란 쉽지 않았다. 넓고 낯선 도로에서 차가 저절로 움직이는 것 같았다. 번화가로 들어서자 백화점과 분수와 공원이 나타났다. 거리는 지나치게 조용했다. 사람들은 모두 동물원이나 스키장이나 패밀리 레스토랑 같은 곳에서 크리스마스 기분을 내고 있을지도 몰랐다.

박물관은 신도시의 번화가에 있었고, 건물 바깥과 안쪽이 수많은 계단으로 이루어져 있었다. 미로 같았다. 계단을 오르락내리락하다가 마침내 전시장을 찾아냈다. 미로 같은 계단을 지나 옥상을 통해 어딘가로 들어가게 되어 있었다. 나가는 길을 찾을 수나 있을까, 아내는 자주 뒤를 돌아보았다.

유물이나 죽은 동물의 껍질, 지구에 살다가 멸종되었거나 사라져가는 것들, 그리고 살아 있는 동물까지 전시된 종합자연사박물관이라는 설명이 붙어 있었지만, 일층과 이층은 모두 값비싼 스포츠용품 매장과 의류 매장이었다. 박물관을 위장한 대형 쇼핑센터라고 말하는 편이 나을 것 같았다. 입장료는 터무니없이 비쌌다. 아내는 들어가지 않고 밖에서 기다리겠다고 했다. 그가 어른 표 한 장과 아이들 표 두 장을 끊고 안으로 들어가는 검은 천을 들추자, 그녀는 잠깐만, 이라고 말하고는 어른 표 한 장을 더 끊었다.

아내가 먼저 들어갔고 아이들이 따라 들어갔다. 그는 아내와 아이들의 뒤를 따라 천천히 걸었다. 어두컴컴한 통로 양쪽에는 유리 상자 안에 갇힌 동물들이 잠을 자거나 눈에 띄지 않을 만큼 조금씩 움직이고 있었다. 오랫동안 갇혀 있었던 탓에 움직이는 법을 잊어버린 것일까, 다만 꿈지럭거릴 뿐이었다.

"이건 동물원보다 심하군."

그는 그런 꼴이 마음에 들지 않았다.

"생쥐가 있어요, 귀여워요."

아들이 말했다.

"생쥐가 아니다, 뱀의 먹이야."

뱀이 똬리를 틀고 잠들어 있는 작은 유리 상자 안에서 생쥐는 두려움에 가득 찬 듯한 까만 눈동자를 이리저리 굴리고 있었다. 저곳을 빠져나올 수 있을까. 혹, 뱀이 먼저 죽거나 어떤 전능한 손이 상자를 열고 생쥐를 들어 올리거나. 그렇다 해도 또 다른 뱀의 먹이가 되겠지만⋯⋯

그는 계속해서 생쥐 앞에 서 있었다. 생쥐를 두고 떠날 수가 없었다.

그의 아내도 몇 걸음 앞쪽 유리 상자 앞에 서서 무언가 꿈틀거리는 것을 바라보고 있었다.

그녀가 일하는 택배 인바운드 상담 책상도 앞쪽과 옆쪽이 모두 투명한 유리로 막혀 있었다. 잘못된 택배 업무에 관한 항의와 욕설이 반복되었다. 전화를 끊어도 헛소리가 들리는 것 같았다. 이따금 업무와 상관없는 전화도 걸려왔다. 그의 전화도 그중 하나였다. 그날도 그녀는 습관적으로 수화기를 왼쪽에 붙였다.

"놀라지 마, 사무장의 아내가 죽었대."

그녀는 잘못 걸려온 전화일지도 모른다고 생각했다. 불현듯, 지난여름에 죽은 매미들이 떠올랐다. 휴대폰 액정에 '1:00'이 깜빡였다. 상담을 끝낼 시간이었다.

"듣고 있어?"

매미들은 얼마나 맹렬하게 울었던가. 오랜 시간 우화를 기다리다 잠깐 울고 죽은 것들……

노동조합 사무장은 그와 함께 해고된 사람이었다. 사무장의 아내는 법원에서 날아온 불길한 서류들을 들고 며칠째 집에 들어오지 않는 남편을 기다렸다고 했다. 찬물에 샤워를 했대. 여자는 샤워 도중에 죽었다. 심장마비였다네. 사무장이 집으로 돌아갔을 때 여자는 알몸으로 욕실에 쓰러져 있었고, 아이들은 아무것도 모르고 거실에 잠들어 있었더라고 그가 말했다. 병원 장례식장에는 키가 큰 사무장이 슬픔과 고통에 잠긴 표정으로 앉아 있었다. 어린 두 딸은 그의 곁을 서성거렸다. 그와 함께 해고된 조합원들이 죽은 매미들처럼 검은 옷을 입고 있었다. 그녀도 그들의 곁에서 밤을 샜다.

장례식이 끝난 후 아내는 달라졌다.

"승산은 있어?" 그녀는 차갑게 말했다. "지금은 싸우는 수밖에." 그는 단호했다. "실패할 수도 있다는 거야?" 그녀는 두려웠다. "실패하길 바라는 거니?" 두려운 건 그도 마찬가지였다. "당장 다 그만둬!" 그만둘 수 없다는 것은 그녀도 잘 알고 있었다. "무슨 말이야?" 무슨 말인지 그가 모를 리 없었다. "사무장의 아내가 죽었잖아." "사고였어, 심장이 좋지 않았대." "나도 폐가 나빠, 죽을지도 몰라." "우리는 잘못한 것이 없어." "미안해, 함께 추락하기 싫어……"

그와 아내는 늦은 밤까지 언성을 높이며 다투었다. 아내가 왜 그런 억지를 부리고 있는 걸까. 그런 말도 안 되는 소리를 하고 있다니, 놀라서 그렇겠지. 그는 아내를 이해해야 한다고 생각했지만, 어쩌면 이해나 사랑 따위는, 추운 겨울밤, 먹지도 못할 닭똥집을 먹겠다고 고집을 피우는 일과 다를 바가 없었다. 그가 할 수 있는 일은 몇 가지 남아 있지 않았다. 그는 철탑이나 고공으로 올라가는 사람들을 이해할 수 있을 것만 같았다. 지상에서의 선택이 끝났기 때문이었다.

그는 아내에게 자신의 계획을 이야기했다.

"여보, 그래도 걱정 마, 절대로 걱정하지 마."

아내의 눈동자가 터질 듯 붉게 물들었다. 그녀는 눈을 질끈 감고 잠시 심호흡을 하더니 못과 망치를 들고 방으로 들어갔다. 방문을 닫고 문에 못을 쾅쾅 박았다. 밤 열한시가 조금 넘은 시간이었고, 밖에는 바람이 몹시 불었다. 낮에는 아주 추웠어. 저녁 무렵에 아내가 말했었다. 산 위에는 눈이 많이 쌓였어. 그것도 아내의 말이었다. 그렇게 추운 날, 망치로 쾅쾅 못질하는 소리는 그와 그녀의 집을 벗어나 온 동네로 울려 퍼질 것이 뻔했다. 누군가 항의를 해온다면 그는, 미안하다고, 누군가 죽었다고, 아내도 두려울 거라고, 그리고 그녀의 남편은 곧 철탑을 기어올라 허공에 매달릴 거라고, 그래서 아내가 힘든 것이라고, 그러나 살다보면 이런 일은 또 있지 않겠냐고, 당신들도 그렇지 않겠냐고, 조금만 참아달라고 양해를 구할 생각이었다. 벌어진 문틈으로 찬바람이 들어왔다. 그는 방 안을 들여다보았다. 아내는 어두운 창문 앞에 우두커니 서 있었다.

"아빠!"

아들이 그를 불렀다. 당장이라도 뱀이 잠에서 깨어나 생쥐를 통째로 삼킬 것 같았다. 아내의 모습이 보이지 않았다. 아들이 그의 팔을 잡아당겼다. 그는 어쩔 수 없다는 듯, 아들의 작은 손을 잡고 주춤주춤 걸었다. 뱀이 어떻게 생쥐를 삼키는지 볼 수 없었다. 어둠에 갇힌 생쥐가 어쩐지 희극적이기도 했다. 희극의 끝은 간혹 비극적이기도 한 법이 아닌가. 그런데 비극의 끝에 희극이 있기는 한 걸까. 어쨌든 모든 끝에서 새로운 방식이 생겨나는 거겠지.

낯선 도시, 자연사박물관의 긴 통로를 따라 이미 사라졌거나 사라져가고 있는 것들이 전시되어 있었다. 거대한 공룡 모형과 새들의 박제와 알을 깨고 막 부화하는 순간 용암에 갇혀버린 어떤 생물체의 화석도 그들 곁을 지나갔다. 코너를 돌자 검은 코트를 입은 아내가 어린 딸의 손을 잡고 어둠 속을 천천히 걸어가고 있었다. 그가 먼 허공에 정지된 채 매달려 있는 동안 아내는 스스로 길을 찾고 속도를 올릴 수 있을까?

긴 통로의 끝에서 초록빛 유도등이 반짝였다. 밖으로 나가는 문이었다.

# 크라운 공장 노동자 가족

"내가 이런 말을 한 번도 해본 적이 없는데…… 앞으로도
안 할 건데…… 지금도 안 할 건데…… 당신도 돈을 좀 벌었
으면 좋겠다는 그런 말은 절대로 하지 않을 건데…… 우리 공
장 여자들은 다 돈을 버는데…… 힘들다……"

그가 그녀에게 말했다. 장례식장에서 돌아온 늦은 밤이었다.
집으로 들어가기 전에 그는 그녀가 현관 앞에 내다놓은 의
자에 잠시 앉아 있었다. 등받이가 부서져서 버릴 의자였다. 그
가 의자에 앉아 고개를 숙이자 손목 위로 피가 뚝 떨어졌다.
얼굴을 만져보니 손바닥에도 묻어났다. 눈두덩이도 욱신대는
듯했다. 현관문은 잠겨 있었다. 톡톡 두드려보았지만 안에서
는 기척이 없었다. 그는 휴대폰을 열고 장례식장에서 함께 술

을 마시던 사람들의 전화번호를 찾아 통화 버튼을 눌렀다. 누구도 전화를 받지 않았다. '분명 집 앞까지 택시를 타고 왔는데……' 기억을 더듬으며 다시 이마를 만져보았다. 오른쪽 이마가 혹처럼 부풀어 있었다. '머리에 구멍이 났나?' 그는 의자에서 일어나 조금 더 세게 문을 두드렸다. 그녀가 나오는 소리가 들렸다. 그녀의 발소리라면 머리에 구멍이 나도 알아챌 수 있었다. 칼같이 길쭉한 발로 콩콩 소리가 나게 걷는.

그녀는 현관 잠금장치를 돌려 문을 열어주고는 뒤도 돌아보지 않고 방으로 들어갔다. 원래는 그와 그녀의 방이었지만 이제는 그녀만의 방이었다. 그녀 혼자 있고 그녀 혼자 자는. 맞은편 방에는 아들이 잠들어 있을 것이었다. 아들의 머리에도 구멍이 하나 있다. 아들은 그의 힘이고 자랑이었다. 온순하고 머리가 좋아서 명문 외국어고등학교 러시아어과에도 들어갔다. 초등학교를 졸업할 무렵부터 변호사가 되고 싶다던 아들이었다. 그냥 변호사가 아니라 '노동인권 변호사'라고 아들이 말했을 때, 그는 자랑스러운 아버지가 된 것 같은 기분이었다. 아들이 그런 꿈을 꾸게 된 것은 다 자신 때문이 아니던가. 노동자 혁명의 국가, 러시아에 대해 알고 싶어서 지원했다고 입학 면접관에게 당당하게 말하던 아이가 아니던가. 그런 아들이 명문 고등학교에 들어가서는 머리 한가운데에 구멍이 난 것이었다. 말이야 원형탈모라지만 영락없이……

그는 비틀거리며 거실로 걸어가 소파에 앉았다.

그와 그녀의 방이 그녀만의 방이 된 후, 그는 거실에서 생활하고 소파에서 잠을 잤다. 오래전 겨울에 주워온, 이제는 그의 잠자리가 된 주황색 소파였다. 쓰레기 더미에서 소파를 발견한 것도, 집으로 가져가자고 한 것도 그녀였지만, 어쩐지 그녀는 그 소파를 좋아하지 않았다. 가져온 그날부터였다. 고흐인가 하는 화가의 귀 잘린 자화상 색깔 같다느니 트집을 잡으며 쓸모없는 물건인 양 방치하다가, 어쩔 수 없이 앉게 되면 물티슈로 가장자리를 닦아낸 뒤 엉덩이만 살짝 걸치는 것이었다. 이음새가 터져 솜이 튀어나오고 방석도 탄력을 잃어 푹 꺼져버렸지만 어디까지나 자신의 고단한 몸을 눕히고 다시 공장으로 가게 해주는 소파인데, 그녀가 그러는 것이 그는 서운하고 야속했다. 예전의 그녀라면 그럴 리가 없었다. 집안의 모든 물건들이 그녀의 손에 닿으면 빛이 났다. 그가 주워온 것이 무엇이라도 그녀는 윤기 나게 닦고 페인트를 칠하고 손바느질로 덮개를 만들어 씌우고 몇 번씩 이리저리 옮겨가며 자리를 잡아주었던 것이었다.

거실이 그의 방이 되면서부터였을까, 그녀는 더 이상 아무것도 매만지지 않았다.

"여보, 머리에 구멍이 났나 봐."

그는 소파에서 일어나 그녀의 방, 닫힌 문 앞에 서서 중얼거렸다. 그녀의 방도 아들의 방도 조용했다. 아무도 그의 말에 대답하지 않았다. 그는 다시 소파로 돌아가서 조금 더 큰 소리로 말했다.

"여보, 머리에 구멍을 내서 미안해!"

그때서야 방문이 열리더니 얼굴에 졸음과 짜증이 잔뜩 밴 그녀가 콩콩 발소리를 내며 거실로 나왔다. 그녀는 얼굴에 피를 흘리며 소파에 앉아 있는 그를 보고는, 뭐야? 왜 이래! 하고 비명에 가까운 소리를 질렀다. 그가 고개를 숙이자 그녀가 손끝으로 그의 턱을 치켜들었다. 머리에 구멍은 없었지만 얼굴이 엉망으로 망가져 있었다. 이마가 푸르죽죽하게 부풀어 올랐고, 광대뼈에서 턱까지 피가 흘렀다. 오른쪽 눈도 멍이 들고 부어올라 아예 붙어버렸다. 전반적으로 오른쪽이었다.

"왜 이래? 싸웠어? 누가 때렸어? 넘어진 상처는 아니야! 누구야? 응? 누가 이런 거야?"

그녀는 그의 휴대폰을 빼앗아 통화 기록을 열었다.

"누구랑 함께 있었는지 말해봐."

그녀가 흥분하며 말했다.

"싸운 건 아니야. 싸웠어도…… 내가 맞을 것 같아?"

그녀가 그에게로 얼굴을 돌렸다. 싸운다면…… 그는 맞을 것 같았다. 스물아홉에서 마흔일곱 살까지, 그녀와 함께였던 시간 동안 그는 공장에만 다녔다. 헬스장에 간 적도 없고 등산도 하지 않고 오직 공장에만 다녔던 것인데, 공장의 노동은 근육을 만드는 노동이 아니었다. 누군가 그에게 주먹을 휘두른다면 근육을 빼앗긴 그의 몸은 저항할 틈도 없이 휘청, 나자빠질 것이다.

그녀는 통화 기록의 맨 위쪽부터 차례대로 통화 버튼을 눌렀다. 역시 누구도 전화를 받지 않았다. 그녀는 받지 않는 번호를 계속해서 눌러대며, 어디서 그런 건지, 도대체 무슨 일이 있었던 건지, 그들이랑 싸운 건지, 단지 넘어진 건지, 이렇게 다친 사람을 그냥 보냈단 말인 건지…… 끝없이 물었다.

"별일 아니야!"

그가 그녀의 말을 끊었다.

"일단 응급실로 가자."

그녀는 휴대폰을 내팽개치고 다시 그의 얼굴을 들어 올렸다, 이번에는 손 전체로.

그녀의 손이 얼굴에 닿자 그는 눈시울이 뜨끈해지는 것을 느꼈다.

언제였을까, 그 손이 그의 살에 닿은 것이.

"병원은 무슨……"

한쪽이 붙어버린 뜨끈해진 눈으로 그가 어색하게 웃었다.

그녀는 들어 올린 얼굴의 상처를 주의 깊게 들여다보며 그에게 물었다.

"이제 말해봐, 어떻게 된 일인지……"


그날 저녁에 그는 공장에서 집으로 돌아와 검은 양복을 꺼내 입고 '동생들'에게 연락을 취해 장례식장에서 만날 시간을 정한 후, 그녀에게 조의금을 몇 푼 받아내어 집을 나갔다. 동생들은 전에 다니던 공장의 동료들이었는데, 해고를 당하며 뿔뿔이 흩어졌지만 한 번씩 만나 술을 마시거나 경조사를 챙기는 사이가 되어 있었다.

그날은 박사장 장모의 초상이었다. 박사장은 그들 중 전 공장에서 해고되지 않은 유일한 동료였다. 그가 우스갯소리로 박을 박사장이라 부르며 한 번씩 만나는 자리에 끼워 넣었지만, 동생들은 박에 대해서 아직도 서운한 마음을 품고 있었다. 동생 한 명은 박이 끼어들면 노골적으로 자리를 피했다. 그와 동생들이 공장에서 노동조합을 만들고, 파업을 하고, 해고와 고소 고발을 당하고, 긴 법적 다툼을 하며 지치고 흔들릴 때, 박은 사내 하청을 받아 박사장이 된 것이었다. 그렇다고 박이 사측의 편에 서거나 그들의 뜻과 어긋났던 것은 아니었다. 박은 그냥 그렇게 했을 뿐이었다. 박은 종종 그에게 말했다. "이 형, 형이 늘 옳아." 그의 미련과 회한에 진저리를 내는 쪽은 오히려 '동생들'이었다. 그게 벌써 5년 전이었는데, 그는 아직도 술에 취하면 그때의 패배와 아쉬움에 대해서 늘 어놓았고, 그러면 동생들은, "형, 정신 차려, 그만 좀 해!" 하며 자리를 떴다. 어쩌면 그날 밤에도 그가 그때의 일을 꺼냈고, 그래서 동생들이 그런 그를 버려두고 가버렸을지도 모른다고 그녀는 생각했다.

"누구랑 있었는데?"

"동생들이랑."

"당신을 혼자 두고 간 거야?"

"먼저 보냈지, 내가……"

"그러고는?"

"바람을 쐬려고 밖으로 나갔어."

그가 술기운에 횡설수설하며 한 말에 의하면, 자정이 가까워질 무렵 박의 배웅을 받으며 모두가 함께 장례식장에서 나왔고, 술을 마시지 않은 동생이 차를 가지러 지하주차장으로 간 동안 그는 1층 바깥 화단 턱에 앉아 있었으며, 잠시 후 동생들이 취한 그를 차에 태우려 했지만 그는 조금 더 바람을 쐬어야겠다면서 그들을 먼저 보내고 병원 밖 비탈길을 걸어 내려갔다.

'어떻게 해야 할까……'

그는 천천히 걸으며 낮에 공장에서 있었던 일을 생각했다. 전 공장을 떠나 잠시 어느 기업의 경비로 일하다가 그곳을 드나들던 협력업체 관리자의 눈에 들어 계약직으로 입사한 곳이었다. 경영주는 일본에 거주하는 일본인이었고, 한국에는 고용된 사장이 있고, 직원 대부분이 여성과 외국인 노동자인 공장이었다. 그는 이 년간의 계약직을 거쳐 정직원이 되었다.

"큰일이야!"

지난봄의 어느 저녁, 공장에서 돌아온 그가 아들의 방문을 열고 말했다.

머리에 난 구멍이 좀처럼 채워지지 않아 아들은 집에서도 모자를 쓰고 있었고 모자를 쓴 채로 잠을 잤다.

"이를 어쩌면 좋지?"

아들이 못 들은 척하자 그가 또 말했다.

"무슨 일이에요, 아빠?"

아들이 마지못해 방에서 나오며 물었다.

"러시아에는 언제 가니?"

아들의 수학여행에 관한 이야기였다. 그는 아들이 러시아에 간다는 사실이 신기하고 자랑스러워서 묻고 또 물었다. 지금이야 어떨지 모르지만 노동자를 위한 국가가 세워졌던 최초의 나라가 아니던가.

"내년 봄에요."

벌써 몇 번째인지…… 아들이 인상을 찌푸리며 대답했다.

"바람이 잘 통해야 머리카락이 새로 나지."

그가 아들의 모자를 벗기며 딴소리를 했다.

"그래봤자 안 나요. 무슨 일이 있나요?"

그는 주머니에서 종이 한 장을 꺼내 아들에게 내밀었다.

그녀는 모른 척 싱크대 앞에 서서 그릇을 닦으며 둘의 말에 귀를 기울였다.

"이게 뭐예요, 아빠?"

아들이 묻자, 그는, "압도적이야. 어쩌면 좋니?"라고 말하며 그녀의 등을 힐끔 바라봤다. 종이에는 노사협의회의 노측 대표를 뽑은 투표 결과가 적혀 있었다. 공장의 노동자들이 그를 후보로 추천했는데, 압도적으로 당선이 되었다는 것이었다. 아들이 피식 웃으며 방으로 들어가자, 그는 식탁 위에 종이를 펼쳐놓고 거실로 돌아갔다. 그녀와 아들 누구도 아는 척하지 않았지만 그가 더 하지 못했던 말이 무엇인지 모를 리 없었다.

"……노조를 만들자고?"

그리고 몇 달이 지난 어느 저녁, 그녀는 그가 소파에 앉아 누군가와 통화를 하는 소리를 엿들었다. 그즈음 회사 측과 협상을 하고 있다는 것은 그녀도 알고 있었다. 회사는 정직원 모두에게 희망퇴직을 요구했고, 그들이 나간 자리는 용역회사의 비정규직 노동자와 계약직으로 채워질 것이라고 했다. 100여 명의 정규직 노동자들이 한꺼번에 공장을 떠나거나 그렇지 않다면 다시 계약직으로 주저앉아야 했다. 협상의 시작은 퇴직 위로금에 관한 것이었으나, 그들은 왜 그래야 하는지 생각했고, 그것에 대해 서로 이야기했다. 그들 모두는 오랫동안 공장에서 일하며 자신의 일에 단련된 사람들이었다.

'또 노조를 만든다고?'

그와 뜻이 어긋나는 것은 아니었지만 그녀는 불안하고 두려웠다. 다시 그때로 돌아가기엔, 그때처럼 감당해내기엔 그나 그녀 자신이나 늙고 지쳤다고 느꼈다. 노동조합을 지킬 수나 있을까 생각했다. 노동조합으로 지켜질 것이 있을까도 생각했다. 국가도 법도 그들의 편이 아니라는 건 알 만한 사람들은 안다. 회사는 언제나 그들의 삶의 반대편에 서 있다. 결국 무언가 할 수 있을 것이라는 꿈을 꾸다가 누군가는 비틀거리고, 전향하고, 남은 몇몇은 거리나 굴뚝 위로 몸을 던질 것이다. 그런 그들을 연민하며 지나가는 사람들이 있을 테지만 그 이상 무언가 더 하지는 못한다.

그러니 어쩌면 좋을까.

그의 이마가 점점 더 부풀어올라 안으로든 밖으로든 터져버릴 것만 같았다. 당장이라도 일으켜 세워 병원으로 데려가 치료를 받게 해야 할지, 택시 정류장으로 가는 도중 그에게 무슨 일이 일어난 것인지 알아내어 대응을 해야 할지 머뭇거리며, 그녀는 아들이 있는 방을 돌아보았다.

의자가 부서진 것은 그가 장례식장으로 가고 아들이 학교에서 돌아온 후였다. 학생 전원이 기숙사 생활을 하는 학교였지만, 몸에 이상이 생긴 뒤 아들은 기숙사에서 나와 버스를 세 번씩, 왕복 여섯 번을 갈아타며 집과 학교를 오갔다. 머리카락이 빠지는 것이 시작이었다. 머리 군데군데 원형탈모가 생기더니 전체적으로 빠져버려 아예 남은 머리카락이 없을 지경이었다. 지독하고 보기 드문 탈모였다. 그는 아들을 데리고 이발소에 가서 머리를 빡빡 밀게 하고 모자를 씌워주었다. 그때까지도 아들은 기숙사에 있었다. 그러더니 어느 날 농구대 앞에 주저앉아 일어서지 못했다. 틈만 나면 농구장에서 혼자 슈팅 연습을 하거나 기숙사 뒤 산책로 꼭대기까지 올랐다고 했다. 수능 문제집만 펼쳐보는 급우들이 작은 기계 같아서 자신의 머릿속을 가득 채우고 있는 어떤 이야기도 꺼낼 수 없다고 아들이 말했는데, 그때 그녀는, 그렇게 생각할 수는 있지만 혹시 도피는 아니냐고 물었었고, 주변부에 머무는 습관을 바꾸어야 한다고도 했다. 주변과 중심, 도피와 비판을 구별하는 것이 쉬운 일은 아니지만, 아들은 충분히 그럴 수 있는 나이라고 생각했다.

5년 전 그가 없는 시간을 보내며 그녀는 혼자서도 충분히 운전을 할 수 있게 되었다고 생각했는데, 아들이 주저앉은 그 날만은 그 이전으로 되돌아간 것 같았다. 그녀는 서툴고 겁에 질려 있던 그때처럼 아들의 학교로 차를 몰았고, 어디선가 길을 잃어 시간을 지체했다.

길가의 나무에 하얗게 피었던 벚꽃이 떨어지고 있었다.

원서 접수와 면접을 위해 오가던 그 길에서 아들은 빛나는 성을 바라보는 이방인처럼, "저 학교에 꼭 들어가고 싶어요" 하고 말했고, 합격을 확인한 날에는 환성을 한 번 지르더니 고개를 숙이고 눈물을 뚝 흘렸다. 아들에게는 한 번도 가보지 못한 초라하지 않은 세계였다. 아들이 속하게 된 최초의 세계였다. 그런 아들이 운동장에 홀로 주저앉아 일어나지 못했다. 그도 공장에서 아들에게로 달려갔다. 그들은 아들을 데

리고 나와 대학병원으로 갔다. '아들이 돌아갈 수 있을까.' 그
녀는 교문을 바라보며 생각했다. 아직 땅이 녹지 않았던 늦겨
울, 명문 고등학교의 교복을 입고 트렁크 가방을 끌고 기숙사
로 들어간 아들을 두고 온 뒤, 그들은 한순간도 이런 일이 벌
어지리라고는 상상하지 못했다. 온순하고 머리도 좋고, 장차
노동인권 변호사가 될 아들이었기 때문이다.

대학병원에서는 아들의 몸에서 어떤 이상도 발견하지 못했
다. 얼마 후 스스로 일어날 수 있게 됐지만 이따금씩 무릎이
꺾이며 휘청거렸고, 머리카락도 다시 나기 시작했으나 탈모
가 처음 시작된 곳에는 여전히 동그란 구멍이 있다.

"어지러워요."

학교에서 돌아온 아들이 곧바로 식탁 의자에 앉아 그녀가
미리 구워놓은 호주산 소고기 등심과 밥을 먹었다. 체격도 먹
성도 부쩍 좋아져서 그녀는 매일 저녁 아들에게만 고기를 구
워주었다.

아들은 귀에 이어폰을 꽂은 채 휴대폰 화면을 들여다보며
밥을 먹었다. 그녀는 맞은편 의자에 앉아 이어폰을 빼고 먹으
면 안 되겠느냐고 말하려다가 입을 꾹 다물었다. 밥을 다 먹
고 난 뒤에 낮에 학교 담임선생에게서 온 전화 내용에 대해,
아니, 그보다 더 근본적인 이야기를 나눠볼 참이었다.

아들은 밥 두 숟가락을 떠먹고 고기는 한 점씩만 먹었다.

"고기를 많이 먹어!"

그녀는 젓가락으로 고기 두 점을 집어 밥 위에 올려주었다.

반찬보다 밥을 더 많이 먹는 것은 아들의 습관이었는데, 아마도 그 시절, 지금보다 어렸을 때, 햄이나 소시지 같은 좋아하는 반찬이 먹을 수 있는 양보다 늘 부족했기 때문일 거라고 그녀는 생각했다.

"담임에게서 전화가 왔었어."

밥을 다 먹기도 전에 그녀가 말했다.

숟가락을 들고 있던 손을 주춤하더니 아들은 곧바로 밥을 두 번 더 떠먹고 고기는 먹지 않았다.

"고기를 먹어."

아들은 고기를 집어 턱 전체를 움직이며 씹었다.

"네가 반에서 꼴찌래."

"알고 있어요."

"어떻게 할 셈이니."

사실, 그 말이 그녀가 생각하는 근본적인 이야기는 아니었지만, 보다 근본적인 문제를 말하려니 그것이 무엇인지 쉽게 떠오르지 않았다.

"……그게 중요한 건 아니고……"

"그게 중요한 거잖아요."

그녀는 그게 중요한 게 아니라는 자신의 마음을 몰라주는 아들에게 서운한 마음이 들어서 머릿속이 헝클어지는 기분이었다. 그녀는 자신도 대답할 수 없는 질문을 아들에게 했다.

"내 말은…… 그러니까…… 근본적인 문제가 뭐니?"

"몰라요."

아들은 고개를 들어 그녀를 똑바로 쳐다보았다. 그녀는 아들이 많이 변했다고 생각했다. 체격도 커지고 먹성도 좋아졌지만, 무엇보다 변한 건 태도였다. 집으로 돌아오면 밥을 먹고 곧바로 방으로 들어가서는 아무것도 하지 않았다. 아무것도 하지 않는 사람은 없겠지만, 그녀의 생각은 그랬다. 아들이 신뢰하는 건 아무것도 없어 보였다.

"그래, 앞으로 어떻게 할 생각이니."

그녀가 또 묻자 이번에는 아들이 숟가락을 내려놓았다. 그녀에게는 아들이 밥과 고기를 먹지 않는 것이 꼴찌를 하는 것보다 더 근본적인 문제라고 여겨졌다. 밥을 다 먹기도 전에 이야기를 꺼낸 것이 잘못이라는 뒤늦은 후회를 하고 있을 때, 아들이 의자에서 일어났다. 그러더니 다리가 풀썩 꺾이며 그대로 주저앉았는데, 그게 하필이면 의자의 모서리 쪽이었다. 아들과 의자가 동시에 뒤로 나자빠졌다. 우당탕 넘어가는 소리가 가슴을 짓눌렀다. 그녀는 비명을 지르며 벌떡 일어나 식탁 반대편으로 다가갔다. 아들은 두 팔로 다리를 감싼 채 옆으로 웅크리고 있었고, 의자는 등받이가 부서진 채 나뒹굴었다.

다리가 꺾이고 머리카락이 빠지고 꼴찌를 하는 것이 명문 고등학교에 들어간 것 때문인지, 중심으로부터의 도피인지, 그렇다면 어디로 도피할 것인지, 그런 곳이 있을지, 신뢰의 문제인지, 그보다 더 근본적인 문제가 무엇인지 미처 말을 다 꺼내기도 전에 아들은 주저앉았고 의자는 부서졌다.

아들은 밥과 고기를 남겨두고 방으로 들어가 아무것도 하지 않았으며, 자정이 넘어 그가 돌아올 때까지 방에서 나오지도 않았다.


어떻게 해야 할까.

5년 전에도 그는 같은 생각을 했다.

그는 장례식장 비탈길을 내려가 인도를 따라 택시 정류장 쪽으로 걸었다. 퇴직 위로금에 관한 협상이 진행되고 있었지만 시간이 흐를수록 그와 사람들의 생각은 다른 방향으로 흘러갔고 조금씩 어긋났다. 돈을 더 받아내는 것으로, 오랫동안 단련되고 지켜온 일을 빼앗기지 말자는 것으로, 이참에 아예 노동조합을 만들어버리자는 것으로.

그는 선택하고 설득하고 자신의 삶을 돌아보아야 했다.

……그러나 언제까지 주변에 머물러야 할까.

푸르스름한 밤의 거리에 안개가 자욱하게 떠다녔다.

건너편 도로에 길게 늘어서 있는 택시들 앞쪽으로 푸드트럭 한 대가 불빛을 환하게 밝히고 있었다. 늦은 밤이나 새벽에 기사들이 출출한 배를 채우는 곳이었다. 달궈진 불판에 싸구려 마가린을 문질러 녹인 후 식빵을 굽고, 야채를 다져 넣은 계란을 얹어 만드는 샌드위치를 종이컵에 하나씩 담아서 팔았는데, 언젠가 그도 사 먹어본 적이 있었다. 고소한 마가린 냄새가 축축한 안개를 타고 그가 서 있는 길 건너까지 번져오는 것 같았다. 아내와 아들 생각이 났다. 아내와 아들에게 샌드위치를 사다 주어야겠다는 생각이 들자 그는 마음이 급해졌다. 횡단보도는 사거리에 있었다. 50미터쯤 더 걸어 내려가서 길을 건넜다가 다시 그만큼 되돌아와야 했다. 그는 주위를 둘러보았다. 자정이 가까운 시간이라 차들은 별로 보이지 않았다. 도로를 가로질러 그냥 건너도 될 것 같았지만, 긴 가드레일이 인도와 차도 사이를 가로막고 있었다. 그는 한쪽 발을 가드레일 위에 올렸다. 장례식장에서 마신 술 때문에 몸에 균형을 잡기가 어려웠지만, 그렇다고 넘지 못할 정도는 아니었다. 그가 올려놓은 발을 힘껏 딛고 반대쪽 다리를 들어 가드레일을 뛰어넘으려 할 때, 어디선가 박의 모습이 스쳐 지나갔다. 그 '어디'가 푸드트럭 앞인지, 컴컴한 택시 정류장 뒤편 인도인지, 장례식장 쪽인지, 멀리 사거리 횡단보도 앞인지, 도로 한복판인지 분간이 되지 않았으나, 안개 낀 시야를 가르며 나타난 사람은 틀림없이 박이었다. 박의 모습을 쫓느라 잠시 딛고 있던 발을 머뭇거릴 때 손에 들고 있던 휴대폰에서 벨이 울렸고, 화면에서 언뜻 박의 이름을 본 것도 같았지만 그의 몸은 이미 인도를 넘어 차도로 뛰어들고 있었다.

그리고 그는, 어디까지인지 모르게 나뒹굴었다.

정신을 차린 것은 집 앞 주차장에서였다. 택시 뒷좌석에 모로 쓰러져 누워 있는 그를 누군가 흔들어 깨웠다. "아저씨!"라고도 불렀고, 좀더 점잖게 "손님!"이라고도 불렀지만, '이형……' 하는 소리가 들린 것도 같았다. 그는 자신의 오른쪽얼굴이 그 지경이 된 것도, 어떻게 택시를 타고 집 앞까지 오게 된 건지도 기억하지 못했다. 가드레일을 넘을 때 마지막으로 본 박의 모습과, 휴대폰에 떠오른 박의 이름과, 장례식장을 떠나기 전에 동생 한 명이 보여주었던 휴대폰 영상만이 희미하게 떠오를 뿐이었다.

뿌옇게 흐린 영상 속에는 공장 도장라인 옥상 위에서 헬멧을 쓰고 소화기를 뿌려대는 남자들과, 그들 아래, 그가 아직도 버리지 못하고 장롱 속에 감춰둔 것과 같은 작업복을 입은 사람들이 쏟아지는 물과 하얀 소화분말가루를 뒤집어쓰고이리저리 흩어지고 있는 장면이 담겨 있었다. 그날을 그가 기억하지 못할 리 없었다. 그 조합원들을 그가 잊을 리 없었다. "어떻게 이걸……?" 그가 묻자, 동생이 화면을 확대해 옥상위를 보여주었다. 거기, 방패와 진압봉을 들고 소화기를 잡고있는 용역 경비업체 남자들 뒤로 박의 모습이 스쳐 지나갔다.

그들은 '주식회사 크라운' 서부공장 노동자였다. 그와 박과동생들은 모두 조립라인의 동료들이었고, 박과 그는 입사 동기였다. 박은 종종 그의 집에 와서 그와 함께 술을 마시고 함께 자고 함께 출근했다. 그도 박의 집에서 그런 적이 있었다.

동생들 중 한 명은 고등학교를 졸업하기도 전에 입사해 그곳에서 처음 노동을 배웠고, 사랑하는 사람을 만나 가정을 가졌고, 아이를 낳아 키우며 소년에서 아버지가 되었다. 그들은 짧은 휴식 시간마다 담배를 나눠 피우며 공장 밖의 햇살에 몸을 말렸고, 점심을 먹고 나서는 뒤엉켜 축구를 했으며, 누군가 마음이 상하면 퇴근 후 그를 앞세워 술집으로 몰려갔다.

공장 정문에는 그들의 정체성을 알려주는 현수막이 걸려 있었다.

그들은 '크라운 공장 가족'이었다.

10년, 20년이 지나도 그들의 일과 처지는 별반 달라진 것이 없었지만, 회사는 성장해, 5년 전 그해 봄에 '중소기업 대통령 표창'을 받았다. 10년간 노동자 최저임금은 2,305원이 올랐다. 대통령상까지 받았으니 뭔가 달라질까? 잘나가는 회사의 직원이라는 자부심이 없었던 것도 아니었다.

며칠 뒤 회사는 공장을 해외로 이전할 것이라고 발표했다. 그들에 대한 대책은 아무것도 없었다. 점심 식사 후 그와 박과 동생들은 작업장 밖 담장 아래 모여 담배를 피웠다. 덤프트럭이 회사 정문을 드나들 때마다 그들 쪽으로 흙먼지가 날렸다. 그날따라 아무도 말을 하지 않았다. 완제품을 실은 트럭 한 대가 회청색 매연을 뿜으며 그들 앞을 지나갈 때, 아무도 말하지 않았지만 누구든 하고 싶었을 말을 박이 내뱉었다. "시발, 좆빠지게 일했는데 누구 맘대로……" 놀란 그들의 눈길이 박에게로 모였다. 박은 그런 말을 하는 사람이 아니었다. 그런데 다른 누구도 아닌 박이, 평소처럼 더듬지도 않고 빠르고 분명하게 말한 것이었다. 박에게로 모였던 눈길이 이내 그에게로 향했다.

'공장은 누구의 것인가.'

그것이 그들의 최초의 질문이었다.

'국가는 누구의 것인가, 학교는 누구의 것인가, 가정은 누구의 것인가, 병원은 누구의 것인가, 도로는 누구의 것인가……'

그들은 노동부에 '주식회사 크라운 서부공장 노동조합' 설립 신고를 하고 상급조직에 가입했다. 관리직을 제외한 거의 모든 노동자들이 조합 가입 신청서에 서명했고, 그는 지회장으로 선출되었다.

노동조합이 생겼다 해도 당장에 크게 달라질 것은 없었다. 기껏해야 화장실에 가는 횟수를 두어 번 더 늘린다거나, 직원 휴게실을 새로 만든다거나, 다가올 노동절 선물 가격을 만 원쯤 올리는 정도였다. 문제는 '공장은 누구의 것인가'라는, 정체성에 대한 혼란이었다. 공장 노동자인 그들과 한 테이블에 앉아 교섭을 하는 일이, 법적으로 공장을 소유하고 있는 사람에게는 무언가 빼앗기는 것으로 여겨졌다. 성과급이나 화장실에 가는 일이나 휴게실이나 노동절 선물 가격 정도는 선심을 쓰면 될 일이었다.

"저 사람이 여기 왜 왔나!"

공장 직원이 아닌 상급노조 간부가 단체 교섭에 나왔을 때 그 표정은 사뭇 당황스럽고 불쾌해 보였다. 노동법을 이해하려 하지도 인정하지도 않았다.

회사는 곧바로 공장을 쪼개 라인별로 도급을 주었다.

박이 도장라인의 하청을 받은 것도 그때였다. 대표이사의 먼 친척이기 때문이라는 소문이 돌았지만, 그는 박을 이해했다. 자신들과는 다르게 그냥 그렇게 했을 뿐이라고 생각했다. 도장라인을 가져가면서 박은 노동조합에서 탈퇴했다. 공장이 쪼개져 하청공장의 노동자가 되면 더 이상 서부공장의 조합원으로 존재할 수 없게 되는 것이었다. 그것이 회사의 목적이었다. 거부하는 조합원에게는 희망퇴직을 요구했고, 그와 동생들은 권고사직, 즉 해고를 당했다. 그리고 회사 측 대표들은 더 이상 노동조합과의 교섭에 나오지 않았다.

그것이 그들을 크게 달라지게 했다. 그들은 쟁의 신고를 하고 기계를 멈췄다. 잠시 하청공장에 보관되었다가 아시아의 어느 나라로 팔려갈지도 모를 기계였다. 그들이 없었다면 돌아가지 못했을 기계였다. 그들 중 누군가는 30년 넘게 기계를 돌렸다. 휴일에도 돌렸고 한밤중에도 돌렸다. 단지 더 오래 기계를 돌리고 싶었고, 그러기 위해서는 왜 기계를 빼앗겨야 하는지, 그렇지 않을 방법이 있는지, 기계는 사용자, 그들만의 것인지 묻고 싶었다.

영상 속의 그날 그들은 공장 마당으로 나갔다. 휴식 시간 15분을 아껴 작업장 밖 밝은 햇살과 바람에 목을 적시며 담배를 피우거나, 점심 식사 후 20분이나 30분쯤 축구를 하며 시원한 공기를 들이마시던 것이 전부였던 그곳에서 두 시간 동안 기계를 세우고 자신들의 무엇에 대해 말하기로 결심한 것은 그들의 인생에서는 최초의 일이었다.

그러나 최초의 계획은 휴식 시간 15분을 넘기지 못했다.

10여 분쯤 지났을 때 회사 측 관리자들이 그들을 에워쌌다. 평소대로라면 오후 휴식 시간이 끝날 즈음이었다. 그들을 위협하며 둘러싼 사람들도 크라운 공장 가족이었다. 관리자들이 굳은 표정으로 서 있다가 공장 안으로 들어가자 작업 시작을 알리는 종소리가 울렸고, 어디선가 봉고차 한 대가 모여 있는 그들을 향해 돌진했다. 도장라인 옥상에서 물과 소화분 말가루가 뿌려졌다. 물에 젖어 하얗게 가루를 뒤집어쓴 노동자들이 달려드는 차를 피해 휘청거리며 담장 아래 주저앉았다. 그들도 한때 붉은 근육을 가진 사내들이었다. 휴대폰으로 영상을 찍고 있던 동생은 옥상에서 떨어진 소화기에 머리를 맞고 마당을 뒹굴었다. 머리가 깨져도 그날의 영상이 담긴 휴대폰만은 손에 쥐고 있었다고, 5년이 지난 후에야 그것을 내놓은 이유는 거기 옥상에서 박이 찍혔기 때문이라고 박의 장모 장례식장에서 동생이 말했다.

"형이 죽거나, 박을 죽이거나…… 그럴 것 같았어."

동생의 말이었다.

그날 이후, 회사의 압박에 두려움을 견디지 못한 조합원들이 하나둘 노동조합 사무실로 찾아와서 조합 탈퇴에 서명했다. 누군가는 하청업체로 갔고 누군가는 공장을 아주 떠났다. 그의 손을 잡고 울먹이다가 떠난 사람도 있었다. 그는 그들 모두를 따스하게 안아주었고 그들 모두를 이해했다.

두 시간 기계를 세우는 합법적 쟁의행위는 고작 15분 만에 그렇게 해산되었지만, 회사는 15분 시급의 몇 백 배에 달하는 손해배상금을 청구했다. 해고는 부당하며 쟁의행위는 적법한 절차였다는 판결을 받았지만, 회사는 항소했다. 또 언제까지가 될지 모르는 일이었다. 그것이 회사의 목적이었다.

동생들은 이제 그만하자고 했고, 공장을 떠나자고도 했지만, 그때도 박은, "이 형, 언제나 형이 옳아" 하고 말했다.

'어떻게 해야 할까.'

그는 오랫동안 생각했다. 생각을 하기에 가장 좋은 곳은 저수지 나무 아래였다. 그녀가 왜 산책로 꼭대기까지 오르느냐고 아들에게 물었을 때 그건 아빠의 자살나무와 같은 거라고 아들이 말했는데, 그녀는 모르는 말이었다.

그는 틈이 나면 성당 뒤쪽 저수지 방죽 위로 올랐다.

그는 불법을 저지른 적이 없었고, 하면 안 될 일을 한 것이 아니라고 생각했다.

5년 전 그해 크리스마스 날 아침, 그는 그녀와 아들과 딸을 차에 태우고 박물관으로 갔다. 한동안 아내와 아이들을 볼 수 없기 때문이었다. 그는 아내에게 운전석을 내어주었다. 아내는 면허를 따고도 차를 운전해 도로로 나가지 못했다. 그녀는 몹시 떨었고 겁에 질려 있었다. 흔들리는 자동차 안에서 아들은 장차 노동인권 변호사가 되고 싶다고 말했고, 딸은 유엔 인권위원회에서 일하고 싶다고 했다. 그는 도장라인 굴뚝을 생각했다. 크라운 공장에서 가장 높은 곳이었다.

박물관에서 돌아올 즈음 도로에서 운전을 하는 것에 대한 아내의 두려움은 절반쯤 사라진 듯했다.

"내가 이런 말은 하지 않으려고 했는데…… 당신도 돈을 좀…… 우리 아들 러시아에는 꼭…… 거기가 그래도 노동자의……" 한없이 중얼거리며 그가 소파 위로 푹 쓰러졌다. 더이상 피는 흐르지 않았지만, 이미 흘러내린 피가 그의 오른쪽 얼굴에서 말라가고 있었다.

그녀는 이제 자신이 돈을 벌어야 할지도 모른다고 생각했다. 5년 전 크리스마스 다음날 아침에 그가 크라운 공장 굴뚝으로 올라가 이듬해 여름에 내려올 때까지, 그녀는 그가 그곳에서 죽을지도 모른다고 생각하며 생계를 이었다. 그가 살아서 굴뚝을 내려와 회사를 떠나며 노동조합은 사라졌고, 서부 공장의 생산라인 대부분은 해외로 이전했다. 그 모든 것이 끝나고 다시 지금의 공장으로 돌아왔지만, 특별히 달라진 것은 없었다. 최저임금 1,573,770원과 주간 연장수당과 주말 특근수당과 얼마간의 상여금, 거기에서 건강보험과 고용보험과 국민연금과 소득세와 주민세를 공제한 나머지, 그가 가져오는 돈으로는 그들 네 식구가 살아갈 수 없다. 게다가 그녀는 밤마다 그가 낡은 소파에 앉아 공장 노동자들과 통화하는 소리를 엿듣고 있다.

그녀는 지난해에 대학에 들어가 기숙사에 있는 딸과, 비록 꼴찌에, 여전히 그것을 꿈꾸고 있는지는 알 수 없지만, 노동인권 변호사가 되고 싶다던 아들을 생각했다.

돈으로 모든 것을 해결할 수 있을까.

그러나 근본적인 해결 방법이 무엇인지는 그녀 자신도 알 수 없었다.

그의 오른쪽 얼굴이 형편없이 망가진 것이 갑자기 걸려온 박의 전화 때문인지, 아내와 아들에게 샌드위치를 사다 주고 싶었던 마음 때문이었는지, 인도와 차도 사이를 가로막고 있던 가드레일 때문인지, 아니면 단지 실수였는지, 그도 그녀도 끝내 알지 못했다. 그날, 도장라인 옥상 위에 박이 있었던 것은 우연인지, 박은 그냥 그렇게 했을 뿐인지도 알 수 없었다. 다만, 그들이 크라운 공장 노동자 가족이었고, 아직은 어떤 공장도 떠날 수 없다는 것만이 진실이라고 생각했다.

# 인생 이야기

중국의 노벨문학상 수상 작가 모 씨의 소설 속 주인공 서
문 지주(地主)는 혁명기에 민병대에게 총살당해 죽는다.* 화
약불에 머리통이 날아가고 몸은 사냥개의 먹이가 되고 혼은
지옥으로 떨어진다. 그는 억울하다. 도대체 무슨 잘못이 있
다고. 지주였지만 선량한 사람이었다. 머슴을 대신해 새벽마
다 개똥을 치우고 길에서 얼어 죽을 뻔한 아이를 데려다 거두
고 소작인에게 선행을 베풀고 늘 노동했다. 그는 자신의 생
이 그렇게 끝난 것을 받아들일 수 없었다. 그리하여 살이 찢
기고 뼈가 녹는 지옥불을 견디며 염라대왕 앞에 엎드려 세상
으로 돌려보내 달라고 호소한다. 마침내 서문 지주는 환생한

---

* 중국의 작가 모옌의 장편소설 『인생은 고달파』를 지칭하며, 서문 지주(地主)란 주인공
서문뇨를 일컫는 말로 씀.

다. 죽은 뒤 이 년이 흘러, 봉건지주의 땅이 아닌 토지개혁을 마친 새로운 중국, 자신의 옛집 나귀로, 다시 죽어 소로, 돼지로, 개로, 원숭이로.

그러나 뒤바뀐 세상에서 매번 또 다른 격랑에 휘말리게 되니 생은 어떤 흐름을 거스를 수 없는 파도 위의 작은 돛단배쯤 된다는 말인가.

## 그녀의 이야기—환생

생각할수록 신기한 노릇이지만 나도 사람으로 태어나 이만큼 살았네요. '이만큼'이란 인생이 참으로 고달프다는 걸 알 만한 나이쯤이라고 해둘게요. 나도 나지만 이제는 생을 다한 인물들을 떠올려보면 하나같이 제 명을 다 살지 못하고 저세상으로 쫓겨난 인생들처럼 여겨지고, 남은 피붙이 동생마저 이 땅이 싫다고 에콰도르인가 하는 뜨겁고 먼 나라로 도망치듯 떠나 돌아오지 않으니, 도무지 세상이란, 인간의 삶이란 무엇인지 그 조화를 알 수가 없네요.

만일 흰 나귀로든 검은 소로든 다시 태어날 수 있다면 나는 어느 시간으로 돌아가고 싶을까요. 아마도 1939년, 나의 아버지가 태어난 날일 거예요. 맙소사, 이게 말이나 되나요? 나는 늘 아버지가 죽기를 바랐잖아요. 아버지가 죽는 날이야말로 내가 다시 태어나는 날이라고 믿고 살았던 세월이 얼만데요.

아버지 때문에 나의 어머니와 우리 남매가 겪었던 그때 그 일들을 떠올려보면, 정말이지 끔찍해요. "네 아비만 없다면 얼마나 좋겠니. 저 인간이 죽어야지." 어머니는 종종 이런 말을 했어요. 내 생각도 그랬어요. 동생이라고 달랐을까요. 그러니까 우리 세 사람의 소원은 아버지가 없는 세상에서 우리끼리만 살아보는 거였어요. 그런데 망할 아버지는 우리의 오랜 기다림을 끝내 이루어주지 않았어요. 가엾은 어머니가 먼저 목숨을 끊어버린 것이에요.

죽은 어머니를 발견한 것은 동생이었지요. 그 불운한 사람이 내가 될 수도 있었어요.

나는 그해 들어간 대학에서 날마다 시위대를 따라다니느라 정신이 없었지요. 1987년이었으니 알 만한 사람은 알겠지만, 정말이지 슬프고도 굉장한 한 해였죠. 남영동 대공 분실에서 박종철이 죽고, 연세대 앞에서 이한열이 죽었어요. 갓 스무 살을 넘긴 대학생들이 고문과 최루탄으로 목숨을 잃은 거예요. 수많은 사람들이 거리로 몰려나왔지요. 택시들은 경적을 울렸어요. 명동 일대에는 양복을 입은 회사원들이 시위에 나와 '넥타이 부대'라는 이름을 얻기도 했잖아요. 세상이 뒤집어질 것 같은 시절이었지요.

그날도 나는 시위대를 쫓아다니다가 집으로 돌아가지 못했어요. 시위가 끝난 뒤 늦게까지 술을 마시고 친구의 자취방에서 잠들어버렸을 거예요. 동생이 아침에 일어나 어머니를 찾아 부엌을 들여다보았대요. 거기, 부엌 바닥에 어머니가 엎드린 채 죽어 있었던 거예요. 우리 집 부엌은 그때까지도 흙바닥이었어요. 연탄을 때는 아궁이도 있고 부뚜막과 석유곤로도 있고 한쪽에 찬장도 있는 그런 부엌 말이에요. 가끔 쥐가 출몰하기도 했죠. 우리 집 부엌을 떠올리니 코끝이 시큰하고 가슴 언저리가 아프네요. 옛집을 생각하면 왜 괴로웠던 기억마저 애틋해지는 걸까요. 그러고 보면 나를 키운 것은 사람이 아니라 집이었을지도 몰라요. 동생은 다를 거예요. 그 애는 그날 이후 다시 부엌 근처에 가지 못했어요. 아예 집에 들어오지 않는 날도 많았지요.

동생이 맨 처음 본 것은 어머니의 손이었대요. 아궁이 안에서 타고 있어야 할 연탄이 흙바닥에 내려와 있었고, 이미 재가 되어버린 연탄 위에 어머니의 한쪽 손이 걸쳐져 있었던 거예요. 가스에 질식해 죽은 것이 먼저인지, 죽어가며 뜨거운 연탄불에 손을 올린 것인지(아, 부디 그런 것은 아니길!), 어머니의 손이 까맣게 그을려 있었다고 하더군요.

동생은 그런 어머니가 무서워서 부엌문을 닫고 대문 밖으로 도망쳤대요. 앞마당의 화단을 지나는데 무언가 잡아당기는 듯 등골이 오싹하더래요. 그럴 만도 한 게 어머니가 동생을 얼마나 사랑했게요. 나에게는 좀 냉담한 구석이 있었어요. 내 얼굴이 아버지를 빼닮았거든요. 그날 화단 위에는 어머니가 세워놓은 긴 나무 지지대와 빨랫줄을 타고 조롱박 넝쿨이 무성하게 자라고 있었을 거예요. 이미 어린 박이 열렸을까요? 살아 있었다면 그해 늦여름에도 어머니는 조롱박을 삶아 속을 파내고 단단하게 말린 바가지를 인심 좋게 이웃에 돌렸을 텐데요.

"어떻게 엄마가 무서울 수가 있어. 죽어도 우리 엄만데……"

그러면서 동생이 울었어요. 하긴 그때 동생의 나이가 열여덟 살이었으니 그럴 만도 하지요. 스무 살이었던 나라고 달랐을까요? 우리에게는 무섭고 어머니에게는 고통스러운, 죽음은 그런 것이었어요. 그렇게 어머니는 아버지가 없는 세상으로 가고 말았던 거예요. 우리 남매를 기다리고 있던 것은 아버지가 아니라 어머니가 없는 세상이었던 거지요. 환생 같은 건 하지 않았을 거예요. 어머니에게 이 세상은 한순간도, 이름 없는 꽃 한 송이로도, 조롱박 씨앗 하나로도 돌아오고 싶지 않은 곳일 테니까요. 이생을 벗어나 자유롭고 평온할 거예요. 어머니가 입고 있던 바지 주머니에서 구겨진 종이 한 장이 나왔거든요. 거기 마지막 당부가 있었어요.

나를 땅에 묻지 마라.

태워서 뿌려라.

훨훨 날아다닐 거다.

우리는 어머니의 몸을 태워 바람 속에 뿌렸죠.

어머니가 죽자 그 늙은 주정뱅이는 온전히 우리 남매의 몫이 되었어요. 이제는 잊은 줄 알았는데 또 눈물이 나는 걸 보니 아직 다 잊은 것은 아닌가 봐요. 그때를 생각하면 '고달픈' 정도가 아니에요. '인생' 자체가 끝난 것 같은 심정이었죠. 그런데 다시 태어나고 싶은 때가 아버지가 죽은 날이 아니라 태어난 날이라니, 나도 이제 나이가 들어 마음이 변한 걸까요? 어쩌면 이게 다 그 소설 쓰는 k선생 때문일지도 몰라요. 선생의 이야기는 일단 접어둘게요. 따로 할 말이 많거든요.

2002년, 그해도 참 대단했지요. 한국에서 월드컵이 개최된 해였잖아요. 한국팀이 4강까지 올라서 난리도 아니었지요. 모르긴 해도 87년보다 더 많은 사람들이 길거리로 쏟아져 나왔을 거예요. 모두 붉은 옷을 입고 '대한민국'을 외쳐대서 '붉은 악마'라는 이름까지 붙었었지요. 천사도 아닌 악마라니, 이건 좀 아이러니하지만 천사보다 악마가 힘이 더 세 보이니까요. 어쨌든 대한민국을 그토록 외쳐댄 건 3·1운동 이래 처음이었을 거예요. 그러니까 그 붉은 악마들이 설쳐대던 해에 아버지가 죽어버린 거예요. 마침내 아버지가 내 인생에서 사라져버린 거죠. 나도 다시 태어난 거나 마찬가지예요. 맞아요. '아버지가 없는' 서른일곱 살의 여자로요. 나의 전생 삼십오 년은 지옥이었던 거예요. 지옥!

오래전에 k선생이 권해서 억지로 읽어본 소설이 있는데요, 중국의 유명한 작가 모 씨가 쓴 책이었어요. 제목이 무려 '인생은 고달파'였다니까요? 얼마나 흥분하며 권하던지 안 읽어볼 수가 있어야지요. 지루해서 죽을 뻔했어요. 길기는 또 어찌나 긴지. 하긴, 사람들은 자신의 인생을 소설로 쓰자면 책한 권으로도 모자란다고들 하지요. 그래서인지 그 책도 두 권이나 되었어요. 소설 속 주인공이 서문이라는 지주인데 죽어서 지옥으로 떨어져요. 사람들의 상상 속에는 저마다 지옥의 모습이 있을 거예요. 천국보다 더 생생하게, 마치 다녀온 듯말이에요. 천국은 어떤가요? 기껏해야 천사의 날개쯤 떠올릴수 있을까요? 날개 따위로 뭘 할 수 있다고요. 아름답게 산다는 건 어떤 걸까요? 상상하기 어려워요. 천국을 상상할 수 없다는 건 천국이 없기 때문일지도 몰라요. 천국에 갈 만큼 착한 사람이 어디 있겠어요. 그러니 아무리 죄가 없다고 날뛴다한들 지주 서문이 갈 곳은 지옥뿐이었을까요? 아무튼 지옥에빠진 서문이 그랬던 것처럼 나도 그랬어요. 바라고 바랐지요. 지옥에서 벗어나기를요.

2002년 대한민국 거리에는 악마들이 열광했고 마침내 나의소원은 이루어졌어요.

그런데 아버지는 그해 초겨울 아침에 죽어 노란 나비로 다시 태어났어요. 그날 내가 봤거든요. 아버지가 기어이 내 방에서 죽던 날 말이에요.

동생이 에콰도르로 떠난 후 아버지는 완전히 내 차지가 되었지요. 내 방은 아버지의 차지가 되었고요. 아버지는 죽을날만을 기다리고 있었어요. 식도에서 시작된 암세포가 폐와뼈에까지 퍼져서 가망이 없다더군요. 게다가 목욕탕에서 넘어져 엉덩이뼈가 부러지는 바람에 걸을 수도 없었지요. 아버지는 하루 종일 내 방에서 담배만 피워댔어요. 숨을 깊이 들이마시지 못해 연기가 방 안에 가득했죠. "그만, 그만 피워요!" 나는 아버지가 곧 죽을 사람이라는 것도 잊고 소리를 질러댔어요. 날이 저물면 아버지는 벽에 기대앉아 티브이 볼륨을 0으로 맞추고 화면 속의 움직임을 좇으며 밤을 새곤 했어요. 도대체 잠을 자지 않는 거예요. "아이참, 오늘도 안 자네!" 나는 또 신경질을 부려요. 죽음을 앞둔 사람에게 가장 두려운 것은 잠드는 일일지도 몰라요. 눈이 퀭해질 때까지 한사코 버티고 앉아 있었던 것도 그 때문이었을까요? 하룻밤 사이에 세상을 버린 어머니와는 달리 아버지는 아주 지루하게 죽어가고 있었어요. 그렇다고 아버지를 이해하거나 연민할 마음은 없었어요. 그러면 아버지 없는 세상에서 살고 싶었던 우리들의 인생은 뭐가 되나요. 제명을 못 살고 죽은 어머니의 인생은 또 뭐가 되고요. 아침에 방문을 열고 한바탕 핀잔을 주면 아버지는 못 들은 척 시치미를 떼며 마약성 진통제를 손바닥에 쏟아붓고는 얼마나 남아 있는지 세어보아요. 그러고는 이렇게 물어요. "내가 죽겠냐, 살겠냐?" 나는 대답해요. "안 죽어!" 그러면 그 눈치 없는 양반은 휠체어를 구해 산책을 나가자고 졸라대는 거예요. 겨울 햇살이 꽤나 눈부셨지만 우리 집은 늘 냉기가 돌았지요. "돈도 없는 놈을 만나서……" 그 돈도 없는 놈의 집에서 죽어가고 있으면서도 아버지는 내 남편을 못마땅해했어요. 사실 가난하긴 했어요. 그런데 그것 또한 아버지 때문이었다는 걸 알 리가 없죠. 아버지 같은 늙은 주정뱅이와 함께 남겨진 나를 멀쩡한 세상이 받아줄 리가 없잖아요. 내가 들어갈 세상은 나와 비슷한 세상이어야 했어요. 그 점에서 그 가난한 남자는 나에게 더할 나위 없는 좋은 조건의 남자였죠. 그렇지 않았다면 사랑하지도 않았을 거예요. 그래도 그렇지, 왜 하필이면 가난을 구원으로 삼았던 걸까요. 이제는 아주 지긋지긋하거든요. 나쁜 선택을 하고 싶은 사람은 없겠지만 어쩔 수 없는 나쁜 선택은 있는 법이지요. 그래도 결혼 후 아버지가 술에 취해 나와 남편의 집에서 행패를 부렸던 걸 떠올려본다면 내 선택이 옳았어요. 그런 아버지가 큰 문제가 되지 않을 만큼 남편의 처지 역시 답답하기는 마찬가지였으니까요. 그래도 아주 무심한 사람은 아니었어요. 몸을 움직이기 힘들어진 아버지에게 목욕을 시켜주기도 한 걸요. 그래봐야 두어 번쯤이지만요. 사타구니를 닦아줄 때 아버지가 울더래요. "아버님이 우셔." 남편도 울 것 같은 표정이었어요. 착한 남자죠. 그래도 혹시 아나요? 그가 가난하고 보잘것없는 집안의 자식이 아니었다면 아버지가 내 집에서 그처럼 당당하게 죽어갈 수 없었을지도요.

그날 아침, 아버지는 산소호흡기를 코에 끼우고 남편을 불렀어요. 무언가 예감했던 걸까요? 출근하는 남편을 붙잡더군요. 남편이 잠시 망설이다가 곧 돌아오겠다며 집을 나섰을 때

나는 아주 서운했어요. 아버지가 거의 애원하다시피 했거든
요. 그런데도 매정하게 가버리는 거예요. 언젠가 k선생이 이
런 말을 했죠. '네 서방이 너의 부처다.' 참 어이가 없는 말이
에요. 결국 두 사람은 그날 아침이 마지막이 되었지요.

　남편이 나가자 아버지는 안간힘을 쓰며 이불 위에 눕더군
요. 몸을 움직이는 것이 잠드는 일보다 더 힘들어 보였어요.
자칫하면 엉덩이뼈가 아주 부서져버릴 테니까요. 나는 아이
들을 유치원에 보낼 준비를 하느라 아버지를 혼자 남겨두고
방을 나와버렸어요. 또 엄살을 부리고 있는 거지, 안 죽을 거
라 생각했죠. 더 지독하게 나를 괴롭히다가, 더 오래 살다가
죽을 거라고 생각했어요. 누군가의 죽음을 겪어본 사람은 알
거예요. 목숨을 놓는다는 것이 얼마나 비현실적인지, 그것이
끝이라는 걸 믿기가 얼마나 힘든지. 그래서 중국 작가 모 씨
도 서문 지주를 끝없이 다시 태어나게 한 걸까요? 아이들을
데리고 막 현관을 나서는데 다급하게 부르는 소리가 들렸어
요. "아이고, 딸아!" 이렇게요. 언젠가부터, 아마 동생이 떠나
고 우리 집으로 거처를 옮긴 후부터 아버지는 내 이름을 부르
지 않고 '딸아' 하고 부르는 거예요. 좀 비굴하지 않나요? 내
가 그 딸로 태어난 걸 얼마나 원망했는지 정말 모르고 했던
걸까요? 아버지는 산소호흡기를 최고 수치로 올리더니 구급
차를 불러달라고 했어요. 나는 119 구조대에 전화를 걸고 아
버지가 덮고 있는 이불을 들췄어요. 부러진 엉덩이뼈 때문에

아랫도리는 알몸이었어요. 벌거벗은 하체가 그대로 드러나는 거예요. 거무스름하게 쪼그라든 성기가 어린아이의 것처럼 작았어요. 저 초라하고 보잘것없는 물건이 나를 만들었구나. 문득 서글퍼지더군요. '남자가 죽어갈 때 가장 애처로운 곳은 성기일 거야.' 그런 생각까지 들 정도였지요. 한쪽 엉덩이에는 화상 자국이 선명했어요. 동생의 손에도 비슷한 흉터가 있어요. 어머니가 죽고 몇 년쯤 지났을까, 같이 죽자고 동생이 불을 질렀거든요. 나를 집 밖으로 내보내고 아버지와 둘이서만 말이에요. 휘발유를 뿌리고 불을 붙였는데 아버지가 덮고 있던 이불로 불길이 먼저 번진 거예요. 아버지가 죽을까 봐 겁이 나더래요. 동생은 맨손으로 이불을 걷어내고 아버지를 업고 밖으로 뛰쳐나왔어요. 그때 아버지는 엉덩이에, 동생은 두 손에 화상을 입었지요. 그 두 손으로 내 동생은 적도와 가장 가깝다는 뜨거운 나라에서 잘살고 있는 걸까요?

아버지는 점점 더 숨을 가파르게 몰아쉬면서도 무슨 생각인지 코에서 산소호흡기를 빼내더군요. 나는 아버지를 일으켜 앉히고 조심스럽게 팬티를 입혀주며 말을 걸었어요.

"구급차가 올 거야. 진통제를 줄까?"

그러자 아버지는 고개를 저으며 손으로 담배를 가리켰어요. 나는 담배에 불을 붙여 한 모금 깊이 빨았어요. 처음 담배를 입에 물던 날이 생각나더군요. 스무 살도 채 되지 않았을 거예요. 지옥 같은 생에 뭐 복수할 방법이 없을까 궁리하던 차에 아버지 앞에 삐딱하게 서서 담배를 꺼내 물고 불을 붙였거든요. 한 모금 빨기도 전에 아버지가 내 얼굴을 후려치더라고요. 하나도 안 아팠어요. 아주 통쾌한 복수였죠. 아버지를 괴롭히고 싶었거든요. 덕분에 나는 아주 골초가 되었지요. 그때부터 폐가 썩어 죽는다고 해도 억울하지 않을 만큼 피워댄걸요. 그래도 아버지 앞에서 담배를 입에 문 것은 그날 이후 처음이었어요. 아버지는 한 손을 힘겹게 들어 올리며 어서 달라는 시늉을 했어요. 아버지의 입에 담배를 물려주며, 이제는 물어봐야겠다고 생각했어요. 다시는 기회가 없을 것 같았지요. 엄마한테 안 미안해? 미안하긴 한 거지? 잘못했지? 사실은 그렇게 산 거 후회하는 거지? 마지막으로 그걸 물어볼 참이었어요. 그렇다고 대답하면 다 용서하고 보내줄 셈이었어요. 그런데 아버지가 아무 말도 없이 내 앞으로 풀썩 쓰러지는 거예요. 얼마나 가볍게 고꾸라지는지, 그 순간이 얼마나 평온해 보이는지, 무슨 장난을 치는 것 같았어요. 죽음은 어떻게 오나요. 가장 고통스러운 순간이라고들 하지 않나요? 죽음이 두려운 것은 고통에 대한 상상 때문이 아닌가요? 고달픈 인생의 절정의 순간이 아니던가요? 그렇게 평온하고 가벼운 것이 죽음일 리 없잖아요. 더구나 아직 아무것도 묻지 못했고 대답도 듣지 못했는데요. 그래도 한마디쯤은 하고 가도 되는 거잖아요. 왜 그랬는지, 왜 그렇게 살았는지.

아버지는 다시 움직이지 못했어요. 가슴이 쿵 내려앉는 것 같았지요. 그래도 나는 침착하게 내복을 입혀 상처 입고 부서진 엉덩이를 덮어주었어요. 그때 나비가, 어디서 온 것인지 알 수 없는 창백하고 연약한 노란 나비가 내 앞으로 날아오른 거예요. 11월에 무슨 나비가 있었을까요. 하지만 나는 분명 나비를 봤어요. 아버지 말이에요. 아버지는 나비로 환생했고, 나는 아버지의 전생의 딸이 된 거죠. 나의 지옥, 우리는 그렇게 끝났어요.

*

한때 소설 쓰는 k선생은 그녀에게 이런 말을 했다. '네 아비의 시궁창 같은 삶이 네게는 보석과도 같을 거다.' 계룡산 동굴에서 도를 닦았다는 소문이 있기는 하나, 도무지 이해할 수 없는 말이었다. 살아생전 그녀의 아버지가 했던 짓을 돌이켜보면 선생의 말은 믿을 것이 못 되었다. 보석이라니. 그런데 중국 작가 모 씨의 소설을 보자면, 죽은 서문은 지옥에서 온갖 죗값을 치르고 다섯 가지 축생으로 환생하여 다음 시대에서는 더없이 사랑받는 존재가 되었다. 축생이었지만 서문의 영혼을 가지고 있었다. 소였던 시절에는 용맹이 넘치고 충직하여 후대에 길이 남을 영웅, '서문 소'가 되었다. 애초에 그도 그러려던 것은 아니었다. 자신을 억울하게 죽게 만든 자들에게 복수를 하기 위해 살이 찢기고 뼈가 녹아내리는 지옥의 고초를 견딘 것이었다. 그런 그가 죽음의 강을 건너 다시 세상에 돌아왔을 때 그토록 아름다운 존재였던 이유는 무엇인가. 그 강을 건너면 전생에서 찍힌 낙인이 아니라 비로소 '존재 그 자체'가 되는 건가. 그러고 보면 인생이 아무리 더럽고 끔찍했다 해도 세월이 흘러 누군가의 마음속에는 아름답게 기억되기도 하는데, 그것은 죽음이 인간에게 주는 선물이라도 된다는 말인가. 혹 어딘가에 환생한 그의 새로운 생의 현시(顯示)는 아닐까.

k선생의 문하에서 수년간 글공부를 하며 그녀는 어느덧 아버지를 늦겨울에 날아든 나비처럼 연약하고 애처로운 어린아이, 이생의 회오리에 어쩔 도리 없이 휩쓸려야 했던 본래의 여리고 순한 청년으로 느끼고 있었으니, 보석까지는 아니더라도 k선생의 그 말이 아주 틀린 것은 아니었나 보다.

그런 그가 어떤 이유로 그녀의 가엾은 어머니와 그들 남매의 지옥이 되었을까.


## 그녀의 이야기—무덤


아버지가 죽기 전까지 나는 우리 가족이 살았던 옛집을 떠올린 적이 없었어요. 오래된 집은 사람 안에 살기도 하나 봐요. 아버지가 세상을 떠나고 나서야 우리 집이 생각나는 거예요. 사람이 죽으면 집도 육체를 잃어 누군가의 마음속에 다시 깃들이는 걸까요? 동생도 나에게서 집을 볼까요? 내가 죽으면 동생도 그 고통스러웠던 집을 그리워하게 될까요? 나는 꿈에서도 자꾸 우리 집으로 돌아가요.

'의정부시 금호동 12번지'

거기가 우리 집이에요. 오래전에 허물어져 지금은 흔적도 없을 거예요. 그래도 이젠 그 집이 나의 무덤 같아요. 집터와 마을이 있던 자리에는 고층 아파트들이 꽉 들어찼대요. 우리가 살던 시절에는 4층이 넘는 건물을 올릴 수 없는 곳이었어요. 전쟁이 나면 가장 먼저 무너질 전방의 도시였으니까요.

군사도시는 어디나 비슷하겠지만, 그 낮은 마을 근처에도 미군 부대와 군부대가 있었어요. 그런 곳에서 자란 아이들이 기억하는 풍경이란 것도 뻔하지요. 상상하는 대로예요. 새벽이 되면 외국 군인들의 구령과 군홧발 소리가 들려요. 마을을 조금만 벗어나면 시끄럽고 더럽고 흥청거리는 거리를 만나게되죠. 군사도시의 질서 따위는 상상하지 마세요. 질서의 강요가 만들어낸 극단적인 무질서뿐이었으니까요. 미군 부대 앞 거리는 한낮에도 지나갈 수 없었지요. 머리부터 발끝까지 휘감겨오는 알 수 없는 공포 때문에 그 거리를 지날 때 눈을 감고 뛰어야 했어요. 그래도 우리 마을은 한씨 성을 가진 토착민들과, 근무지를 따라 옮겨온 직업군인들과 그의 가족들, 미군들과 어린 현지처들이 섞인 듯 아닌 듯 조용하게 살아가는 곳이었지요. 직업군인들의 아이들이 부대에서 흘러나온 스팸 따위로 가난한 토착민의 자식들을 약 올리곤 하던 그렇고 그런 마을 말이에요. 당시만 해도 군인이 최고였던 시절이었죠. 장래 희망에 '군인'이라고 쓰는 아이들도 꽤 있었어요. 대통령도 군인이었으니까요. 그러고 보니 벌써 세월이 흘러 그 딸이 대통령이 되었네요. 그러나 말도 마세요. 요즈음 그 딸 때문에 세상이 난리도 아니잖아요. 모르긴 해도 자리를 보존하긴 어려울 거예요. 지금도 서울 광장에는 사람들이 가득 모여 있어요. 남편도 거기 있을 거예요. 이제 와서 하는 말이지만 남편과 내가 처음 만난 것도 87년 시위대에서였어요. 1987년, 그러니까 명동 일대가 시위대로 가득 차고, 나의 어머니가 부엌 바닥에서 죽어가던 그때 말이에요. 무언가 뒤집어질 것 같았던 그해로부터 30년이 흐른 지금, 사람들은 다시 새로운 격랑에 휘말린 거예요.

이 파도가 지나가면 또 어떤 세상이 올까요.

우리가 그 마을에서 살기 시작한 것이 내가 여덟 살 되던 해이고 마을을 떠난 것은 어머니가 죽은 이듬해이니, 그곳은 우리 가족의 무덤 같기도 해요. 절과 빨래터와 방공호와 철책과 삐라들과 진달래, 아, 그래요, 그 연분홍 꽃들이 뒤엉켜 있던 산 아래, 우리 집은 이백 평이나 되는 넓은 집이었어요. 우리가 그 마을에 살게 된 것도 그 집 때문이었대요. 빚으로 은행으로 넘어가게 된 누군가의 집을 은행의 말단 직원이었던 아버지가 산 거예요. 주정뱅이 망나니처럼 살아도 뒤를 봐주는 친지들이 있었던 모양이에요. 아버지의 집안, 그러니까 나의 친가는 대구의 유명한 지주였다고 하네요. 흔히 하는 말로 과장을 좀 한다면 경주 이씨 집안 땅을 밟지 않고는 그 일대를 걸어 다닐 수도 없었다나, 어쨌다나. 아버지를 키웠고, 아버지가 끝까지 사랑했던 조부모 대에 몰락하긴 했지만 어쨌든 아버지는 그 집안의 장손이었지요. 어머니는 도대체 왜 아버지와 결혼했을까, 도무지 알 수 없었지만, 가난한 집안의 총명하고 어린 여자는 그 좋은 집안의 귀티 나는 남자를 구원이라고 생각했을지도 모르겠어요. 구원에 대한 환상은 대개 우리의 뒤통수를 때리고 달아나버린다는 걸 알지 못하던 시절의 꿈이었겠지요. 아무튼, 젊은 시절의 아버지가 귀티 나는 잘생긴 남자였다는 건 내가 알아요. 우리 집 다락방에 그 증거들이 다 있었거든요. 지금도 나는 우리 집 구석구석을 모두 기억하지만, 특히나 다락방은 문을 열면 곧 나타날 듯 눈에 선해요. 아버지가 술을 마시고 살림을 부수고 어머니를 때리고 어머니가 방에 갇혀 비명을 지르던 그 밤마다 나와 동생은 다락방에 숨어들었거든요. 우리는 너무 어려서 어머니를 도울 수 없었어요. 어머니가 시키는 대로 잘 숨어 있는 것밖에는 할 수 있는 것이 없었죠. 방 안에 혼자 남은 어머니는 얼마나 무섭고 외로웠을까요. 술을 마시지 않을 때는 화단에 핀 작은 꽃보다 더 여리고 소심해 보이던 남자에게 도대체 어디서 그런 악마 같은 힘이 생겼던 걸까요. 어머니는, 그러니까 죽기 전의 내 어머니는 말이에요. 스스로 목숨을 끊지 않았더라면 맞아 죽었을지도 몰라요. 그때나 지금이나 나는 알지 못해요. 아버지는 왜 그랬을까요.

아버지가 문을 열까 봐 숨도 크게 쉬지 못하고 동생과 함께 다락방에 웅크리고 있다 보면 어느새 모두가 지쳐 잠들어요. 그러면 나는 주위를 둘러보지요. 철 지난 이불이나 옷가지들이 잔뜩 쌓여 있는 구석 쪽은 정말 무서웠어요. 어둠 속에서 무언가 불쑥 나타날 것만 같았어요. 동생도 잠들고 안방에서 들려오던 끔찍한 소리도 잠잠해진 깊은 밤, 낮고 어두운 천장에는 쥐들이 돌아다녀요. 금방이라도 벽지를 찢고 얼굴 위로 떨어질 것 같았어요. 그래도 안전한 곳은 다락방뿐이었죠. 그렇게 한동안 공포와 싸우다 보면 익숙해져요. 그러면 그것들을 만져보고 싶은 거예요. 혹시 알고 있나요? 손으로 만질 수 있다면 두려움은 대개 사라진다는 걸요.

이불과 옷 보따리들을 걷어내면 라면 상자들이 몇 개 있었어요. 진짜 라면이 들어 있는 상자도 있었고요. 동생과 내가 숨어 있을 때마다 부숴 먹는 비상식량이었던 셈인데, 소리가 날까 봐 잘 씹지도 못했어요. 입속에 넣고 우물우물 녹여 먹곤 했죠. 다른 상자들 안에는 아주 오래되어 누렇게 바랜 앨범과 두꺼운 책들과 빨간 펜으로 여기저기 밑줄이 그어진 사전과 노트들이 무슨 유물처럼 보관되어 있었어요. 모두 아버지의 물건들이었지요. 상자를 처음 열어보았을 때의 그 낯설고 이상한 느낌을 어떻게 설명해야 할까요. 그래요. 판도라, 누군가 그 판도라의 상자라는 걸 열었을 때 그런 마음이었을까요? 나도 그걸 열었던 걸까요? 한 번도 본 적이 없는 아버지가 그 안에 있었던 거예요. 노트에는 '청구대학교 행정학과'라고 쓰여 있었고 그 옆에 아버지의 이름이 있었어요. 지금으로 치면 대구의 영남대학교 학생이었던 거지요. 걸핏하면 4·19때 트럭을 타고 경북도청과 대구시청 앞에서 태극기를 흔들었다느니, 첫 시작은 대구상고 학생들이 주도한 2·28 학생 의거였다느니 했던 말들이 아주 허풍은 아니었을지도 모르겠어요. 앨범에는 한복을 곱게 차려입은 여자들과 병약한 안색의 남자와 두루마기를 입고 갓을 쓴 노인이 있었고, 노인의 무릎 위에 귀여운 사내아이가 앉아 있었어요. 갓 쓴 노인은 아버지의 조부였고 한복을 입고 머리를 길게 땋아 내린 처녀는 아버지의 막내고모, 나에게는 왕고모가 되었죠. 노인은 아흔 넘어까지 장수하다 세상을 떠났고 처녀는 노인이 되어 지금도 어딘가에 살아 있을 거예요. 왕고모를 마지막으로 본 것이 아버지의 장례식장에서였으니 그사이 세월이 많이 흘렀군요. 지금은 어떤 모습이 되어 있을까요? 아버지가 가장 사랑했던 분이셨죠. 나를 충격에 빠뜨린 것은 맨 마지막 장에 꽂혀 있던 사진이었어요. 뽀얗고 창백한 얼굴에 도무지 믿을 수 없을 만큼 여리고 순한 표정의 청년이, 그러니까 아버지가 거기 있었던 거예요. 정말이지 잘생긴 남자였어요. 그 순간, 알 수 없는 고통이 느껴졌어요. 이 아름다운 청년은 어디에 있는 걸까. 저 아래 술에 취해 아무렇게나 널브러져 있는 남자는 누구일까. 상자 안의 아버지와 지상의 아버지는 천국과 지옥, 천사와 악마만큼이나 달랐어요. 천사는 어두운 다락방 구석에나 숨어 있는 겁 많고 약한 존재였던 걸까요? 그래도 그날 이후 그 다락방이 그다지 무섭지는 않았어요. 아무짝에도 쓸모없는 천사였지만 두려움을 견딜 수는 있게 해주었으니까요. 상자에서 나온 것은 고통이었을까요, 희망이었을까요. 무엇이었든 달라질 건 없어요. 옛집이 나의 무덤이라면 나는 머지않아 지옥으로 가게 될 거예요.

## 그녀의 마지막 이야기

이제 그 소설 쓰는 k선생에 대해 잠시 이야기해야겠어요. 이제 와서 하는 말이지만 선생을 만난 건 참으로 기적 같은 일이었어요. 아버지가 죽어버린 후 나는 화가 나서 견딜 수가 없더군요. 슬픔은 아니었어요. 겨우 지옥에서 빠져나왔는데 슬프다니요. 뭐라고 해야 할까요. 그러니까 이제는 누구에게도 물어볼 수가 없게 되었잖아요. 죽은 어머니와 아버지, 우리 남매가 겪었던, 인생으로 보자면 가운데 토막 같았던 그 세월에 대해 아무도 말해줄 수가 없게 된 거잖아요. 그걸 이야기 할 사람이 아버지였다고 생각했던 거지요. 그런데도 망할 아버지는 끝까지 모른 척 죽어버렸어요. 설마 정말 몰랐던 걸까요? 억울한 심정이었지요. 그 무렵에 선생을 만난 거예요. 아버지의 삶을 두고 '보석' 운운했던 그 k선생은 "너는 복 받은 사람이다", 그런 알 수 없는 말을 하며 나에게 아버지의 이야기를 쓰라고 하더군요. 하나도 빠짐없이 다! 그렇게 쓰기 시작한 게 중국 작가 모 씨의 그 지루한 소설 두 권보다 많으면 많았지 모자라지는 않을 거예요. 다시 태어난다면 아버지가 태어난 그날로 돌아가고 싶다고 생각한 건 그때부터였어요. 내 눈으로 확인하고 싶었지요. 그리고 묻고 싶었어요. 왜 그렇게 살았느냐고. 하지만 이생에서는 더 쓸 수도 들려드릴 수도 없게 되었네요. 작년 봄이었나? 내 폐에도 종양이 생겼대요. 회복하기 힘든 악성이래요. 하긴, 스무 살 무렵, 아버지 앞에서 담배를 물고 불을 붙이던 그날부터 죽자고 피워댄 걸요. 이제는 숨을 쉬기도 힘드네요. 그러나 이 이야기는 인생의 서막에 불과해요. 윤회나 환생 따위를 믿지 않는 사람도 있겠지만 나는 믿어요. 아버지가 나비로 날아오른 걸 내 눈으로 봤잖아요.

우리는 다시 만날 거예요.

흰 나귀로든 검은 소로든.

그런데 광장에 나간 남편은 왜 돌아오지 않는 걸까요. 못 보고 가는 걸까요? 그래도 아름다운 밤이에요. 악마들이 설쳐대던 그해와는 비교도 안 되죠. 지금 광장에는 수십만 개의

촛불이 훨훨 타고 있어요. 여기서 보면 수십만 개의 별들이
지상으로 쏟아진 것 같아요.

저기가 천국일까요?

\*

그녀를 아버지가 태어난 1939년, 그날에 다시 태어나게 할
수는 없지만, 그녀의 아버지가 태어난 집 '대구시 봉산동 126
번지' 이씨 가문의 옛집은 시의 소유가 되어 잘 보존되어 있
다고 하니 사람으로 보자면 육체는 남아 있는 셈이었다. 다
행히 그녀의 왕고모 '경주'가 살아 있어 그 집을 기억하고 있
었다.

노인은 1929년생, 우리 나이로 88세가 되었다. 경주 이씨
지주 집의 막내딸로 귀하게 자라 좋은 집안으로 출가해 살아
온 때문인지 세월의 풍파는 보이지 않았다. 머리카락은 백발
이었지만 윤기가 흘렀고 주름은 깊지 않았고 풍채가 좋고 등
은 꼿꼿했다. 귀가 어두워져 말을 거의 알아듣지 못했으나 들
을 수 없는 사람들이 그렇듯이 눈빛은 깊고 조용했다.

그녀의 아버지의 막내고모인 노인은 대구와 청도의 중간쯤
에 위치한 고급 실버타운에서 여생을 보내고 있었다. 청도는
경주 이씨의 무덤이 모여 있는 곳이었다. 노인은 실버타운에
서 진행되는 하루 일과를 체크한 후 방문 시간을 알려주었다.

"굴을 사다주세요."

노인은 대뜸 굴을 부탁했다. 조금 당황스러운 일이었지만 청도의 한 재래시장에 들러 크고 싱싱한 굴을 샀다. 마침 제철이었다. 노인의 방에는 실버타운에서 제공한 가구들 외에 몇 가지 소품들이 더 있었는데, 한눈에 봐도 골동품에 가까운 귀하고 오래된 것들이었다. 푸른색 자개경대는 세월과 함께 그 빛깔이 깊어져서 주술적인 느낌마저 들었다. 방 한가운데에 전기 팬과 밀가루와 달걀과 기름이 준비되어 있었다. 노인은 경대 위에 놓인 두 개의 초에 불을 붙이더니 굴전을 부치기 시작했다. 손으로 밀가루와 달걀을 정성껏 묻혀 뜨겁게 달궈진 팬에 하나씩 올려놓았다. 굴전이 고소하게 익어가는 냄새와 초가 타들어가는 냄새가 뒤섞여 방 안은 몽롱한 기운에 휩싸였다. 아득한 과거를 불러오는 듯한 냄새였다. 다 부친 굴전을 통에 담아 보자기에 단단히 싸맨 후 노인은 100년의 흔적이 묻어 있는 낡은 반닫이를 열었다. 소나무로 만들어진 아담한 경상도식 반닫이는 노인의 어머니가 쓰던 것이었다. 별다른 장식이 없는 단순한 모양이었는데, 무쇠로 만들어진 둥근 손잡이는 크고 단단해 보였다. 노인이 손잡이를 들어올리자 삐걱, 하고 나무와 경첩의 마찰음이 났다. 그것은 고요한 대낮, 지나가는 바람결에 어느 빈집의 대문이 열리는 소리 같았다.

노인이 들어간 집은 대구시 봉산동 126번지, 경주 이씨의 옛집이었다. 청도의 실버타운에서 지방도로를 타고 승용차로 20분쯤 달리면 도착할 수 있는 멀지 않은 거리였다. 지금은 대구 지방문화재로 지정되어 시에서 관리하고 있지만, 노인은 오랜 세월 드나들던 집처럼 익숙하고 자연스럽게 대문을 열었다. 반닫이에서 꺼내 입은 흰 명주 두루마기의 금박 문양이 햇빛에 반사되어 아직 꼿꼿한 노인의 등에 아지랑이처럼 어른거렸다. 입춘이 머지않았으니 곧 봄이 오기도 하겠다.

노인이 앞서 걸었다.

1939년 대문간채, 부엌과 남녀 하인방 사이 좁은 방에서 아기가 태어났다. 이 댁의 아이들을 돌보던 유모의 방이었다. 이씨 집안 종손 아기가 고작 유모의 방에서 태어난 것에는 그 까닭이 있었다. 종손은 바다 건너 일본에서 잉태되어 모친의 배 속에서 이 집으로 오게 되었다. 부친은 심약한 일본 유학생이었고 모친은 활달한 유학생이었다. 당시 식민지 조선에까지 도래한 자유연애였지만 새로운 것은 언제나 낡은 것의 저항을 받기 마련 아니던가. 총명했던 신여성 모친은 고작 유모 방에서 아기를 낳고 쫓겨나 그 후로 행방을 알 수 없었다. 이 댁의 어른들은 종손의 미래를 위해 친모를 바람나 도망친 몹쓸 어미로 둔갑시켰으나 그것이 아기의 일생을 괴롭혔으니, 지옥의 시작은 이생이 아닌가. 혹 거짓으로 만들어진 친모에 대한 애증이 그녀의 가엾은 어머니에게 모질게 전가된 것은 아니었을까.

가지가 휜 소나무와 회양목 몇 그루와 마른 풀들이 누워 있는 정원을 지나, 노인은 사랑채 마루에 걸터앉았다. 그는 보자기를 풀어 아직 채 식지 않은 굴전을 방문 가까이에 조심스럽게 밀어놓았다. 여자가 쫓겨나고 머지않아 아기의 부친은 폐를 심하게 앓게 되고, 정원의 왼쪽 작은 사랑방에서 생을 마친다. 병약하여 여자를 지키지 못하였고 무능하여 아들을 외롭게 한 사내였다.

　노인의 발걸음이 별채를 지나 안채로 향하였다. 종손의 친모가 있어야 했던 안채는 병자인 부친을 위해 급히 들인 새사람과 그 자손들의 차지가 되었다. 연약한 아이 종손은 홀로 안채에 딸린 뒷마당 작은 연못가에서 떠난 어머니를 끝내 미워하며 소년이 되고 청년이 되었다.

　아무도 살지 않는 옛집의 연못은 말라 있고 맞은편 담벼락은 능소화 덩굴로 가득 뒤덮여 있었다. 덩굴 속에서 하얀 물체가 어른거렸다. 노인이 걸음을 멈추자 그것은 긴 꼬리를 세우고 조심스럽게 다가왔다. 노인은 작고 하얀 것의 등을 한참이나 쓰다듬었다. 바깥채 유모 방에서, 갓 태어난 아기의 울음소리가 고요를 깨뜨리며 옛집을 휘감았다.

노블카운티

"초상이 없는 집안이야."

그녀에게서 굴 비린내가 났다.

"누가 돌아가셔야나 한 번씩 볼 텐데……"

마트에서 봉지에 포장된 굴을 뜯어 용기에 담을 때 그녀의 손과 옷자락으로 물이 쏟아졌다.

"남자들이 일찍 돌아가셨겠지."

내비게이션에 실버타운의 주소를 입력하며 남편이 말했다.

그의 말대로 그녀 집안의 남자들은 일찍 세상을 떠났다. 여든을 넘기고 아흔을 넘겨도 총명하고 꼿꼿하게 장수하는 여자들과는 달리 남자들은 오래 살지 못했다. 장남이었던 조부는 젊어 폐병으로, 조부의 남동생들도 병으로 어려서 세상을 뜨거나 단명했다. 그녀가 태어나기도 전의 일이었다. 증조부와 아버지를 마지막으로 윗대의 남자들은 한 명도 남아 있지 않았다. 유일하게 장수한 증조부는 94세에 세상을 떠났고 아버지는 60세에 암으로 떠났다. 그 후로 초상은 없었다. 남편 집안의 윗대 남자들도 긴 생을 살지 못했다. 그의 조부도 아버지도 그 아버지의 형제들도 회갑을 넘기지 못하고 떠나갔는데, 들어온 여자들은 오래 살았다. 남자들이 모두 죽고 그의 할머니가 85세에 돌아가신 뒤에는 아무도 죽지 않았다. 그의 작은할머니는 97세가 되어 대부분의 시간을 교회당에서 보내고 있고, 그녀 집안의 큰고모할머니는 98세로 지금도 미국에 살아 있다.

"당신은 나보다 오래 살아."

눈앞에 떠다니는 것들을 쫓으며 그녀가 말했다.

어느 아침, 불현듯 시야에 검은 점들이 나타나더니 사라지지 않았다. 그것은 존재하지 않는 것들이었다. 눈의 수정체 이상으로 생긴 가짜 그림자 같은 것이었다. 의식하지 않거나 먼 곳을 바라보면 사라졌다가도 금세 되돌아왔다. 유령이니 헛것이니, 마음이나 영혼으로 보게 되는 것이 아니라, 육체의 이상으로도 존재하지 않는 것이 보일 수 있다는 것이었다. 눈을 감아도 빛이 있는 곳이라면 어디서든 보였다. 치료할 수 없다고 하니 적응하고 받아들여야 하는 증상이었고, 시력을 가진 생명체로 남아 있는 한 계속해서 보아야 하는 것일 수도 있었다. 태양이나 밤하늘처럼, 현실 세계를 떠날 때까지.

"우리 집안 남자들도 일찍 죽었어."

그가 그녀도 알고 있는 이야기를 했다.

"당신이 없으면 내가 뭐가 돼."

그녀가 그에게로 고개를 돌리며 말했다.

그것은 그녀의 진심이었다. 남녀 사이에 나누어야 할 정은 그녀로 인해 오래전에 끝난 셈이지만, 그녀에게 그는 생의 마지막까지 곁에 있어야 할 존재로 여겨졌다.

그녀의 말에 남편은 아이처럼 울상을 지었다.

사는 동안 미안했으니 죽을 땐 곁에 있겠다고, 그때는 외롭지 않게 자신의 무릎을 베고 누워 떠나게 해주겠다고, 그러니 당신이 먼저 가라고 언젠가 그녀가 반대로 말한 적이 있는데, 그때와 똑같은 표정이었다.

"꽤 고급 실버타운인가 보네."

남편이 표정을 바꾸며 도로변을 두리번거렸다.

내비게이션의 안내에 따라 접어든 곳은 그들도 아는 길이었다.

"고모할머니는 부자였어."

그녀도 창밖을 내다보았다. 자식들이 재산을 가져가서 망해버려 함께 망했다고는 하나 한때 부자는 부자였으니 고급 실버타운에서 노년을 보낼 만큼은 남아 있을 거였다.

"이 길은 그대로구나."

벚꽃잎이 떨어진 도로 주변의 나무들을 바라보며 남편이

중얼거렸다. 남편이 다니던 학교 앞으로 지나가는 도로였다. 그녀도 검은 부유물들 사이로 흩어지는 분홍 꽃잎들을 바라보았다. 학교를 떠난 지 20여 년이 훌쩍 지나 근처에 실버타운이 들어서고 더 아래쪽엔 신도시가 생겼지만 그 도로는 그대로였다. 신도시가 생기기 이전에는 산과 밭과 들판이었다. 학교 앞 좁은 골목에는 호프집과 분식점과 당구장이 있었고, 뒷골목에는 지방대 학생들의 자취방이 모여 있었다. 남편의 자취방도 그 어디쯤이었는데, 모임이니 회의니 늘 시간에 쫓기던 둘은 늦은 밤이 되어서야 이따금 그의 자취방에서 만났다. 근처의 다른 학교에 다니던 그녀가 먼저 가 있기도 했고, 그가 기다릴 때도 있었다. 그가 오지 않아 그녀 혼자 있다가 돌아온 적도 있었고, 그녀가 가지 못한 적도 있었다. 그보다 둘은 거리에서 만나는 일이 더 많았는데, 최루탄이 터지고 도망치거나 연행되던 거리였고, 삐삐로 서로의 무사함을 확인하던 거리였다. 함께 거리에 나온 친구들은 둘이 애인이지만 자주 만날 수 없다는 걸 알았기에 그날의 일정이 정리되면 등을 떠밀어 두 사람을 보내주었다.

둘의 연애가 둘의 삶과 운동을 방해하지 않으리라 믿었기 때문이다.

친구들의 믿음대로 두 사람 다 각자의 삶과 일을 따라 학교를 떠난 뒤 다시 그 도로로 지나갈 일은 그다지 없었다. 그는 공장으로, 그녀는 한 노동단체의 상근자로 갔다. 서른 살이 되어서야 둘은 애인이 된 지 10년 만에 결혼식을 올렸다. 그러는 동안 그녀는 노동단체를 떠났지만, 그는 한 번도 공장을 떠난 적이 없었다. 그들 청춘의 꿈이었으나 멀고도 불가능하게만 느껴지던 노동조합을 만들면서 해고와 장기투쟁의 무거운 시절도 지나왔다. 그녀는 진즉에 접은 삶이지만, 그와 함께였기에 겪은 삶이었고, 그가 없었다면 보지 못할 일이었다.

"나는 아직도 너를 보면 설레."

남편이 떨어지는 꽃잎들을 눈으로 좇으며 말했다.

그녀는 못 들은 척 딴청을 부렸다. 굴을 담은 용기를 열었다 닫았다 하거나 봉지에서 참외를 꺼내 냄새를 맡으며 그의 말을 외면했다. 그와 나누지 못할 이야기도, 그와 함께 겪지 못할 일도 없었지만, 남편이 원하는 그것만은 할 수 없었기 때문이다. 그렇게 된 것이 사랑에 관한 문제는 아니었다. 세상에서 가장 낯설고 금기인 몸은 육친의 것이듯 어느 무렵쯤, 그녀에게 그의 몸은 그렇게 여겨졌다. 그것은 그녀에게도 슬픈 일이지만 다시는 자신의 몸을 안지 못하고 떠나게 될 남편을 생각하면 또 다른 슬픔이 느껴졌다.

그에게 다른 사람이라도 있으면 어떨까.

그가 그럴 수 있는 사람이라도 상관없을 것 같았는데 그럴 수 있는 사람이 아닐 것 같아서 그것이 그녀의 마음을 더 아프게 했다.

그녀가 그의 말에 대꾸하지 않자, 그도 더는 말하지 않았다.

둘은 서로를 만나러 오가던 옛 도로를 아무 말 없이 지나갔다.

멀리, 그들이 예전부터 알고 있던 저수지와 그의 학교 선배가 파업 지원을 나갔다가 감전되어 손가락이 잘린 공장의 굴뚝이 보였다. 그가 다니던 학교에 가까워졌을 때, 실버타운 '노블카운티'의 이정표와 전에는 없었던 도로가 나타났다. 노블카운티로 진입하는 도로였다. 햇볕이 내리쪼여 차 안의 온도가 올라가며 몸에 밴 굴 비린내는 더 짙어지고 손이 끈적였다. 고급 실버타운 안까지 비린내를 묻혀 들어갈까 봐 그녀는 마음이 쓰이고 초조했다. 그런 것이 부자를 대하는 가난한 사람의 마음일지도 모른다고 생각했다. 봉지에 포장된 굴을 굳이 뜯어 새로 산 용기에 담아서 가져가는 것도, 가는 동안 차 안에서 신선함이 사라질까 봐 에어컨이라도 틀어볼까 했던 것도 마찬가지 이유였다.

남편이 실버타운의 이정표를 따라 자동차의 방향을 돌리며 창문을 내렸다.

그는 입고 있던 겉옷을 벗어 뒷자리에 아무렇게나 던졌다. 가난한 집안의 아들이었던 남편은 20여 년이 지나서도 여전히 가난했다. 그녀는 실버타운 앞에서 남편을 집으로 돌려보내야겠다고 생각했다. 남편도 애초에 그녀와 함께 왕고모 내외를 뵙겠다는 차림새는 아니었다. 그녀도 남편에게 함께 가자거나 인사라도 드리고 가라거나 말하지는 않았다.

왕고모 내외는 노블카운티 타워A동 6층에 살고 있었다. 80세가 되면서부터였다. 91세가 된 왕고모는 청각을 거의 잃었고, 92세의 왕고모부는 시력을 잃었다.

　그러나 두 분 다 비교적 건강하게 지내고 있다고, 하지만 노인들이라 알 수 없는 일이니 너무 늦지는 말라고 그녀의 숙모할머니가 전화로 그녀에게 전했다. 젊어서 남편을 잃고 홀로 늙어온 할머니였다. 왕고모의 남동생, 증조부의 자손 중 막내아들의 처인 숙모할머니는 남자들이 모두 떠난 집안에서 홀로 장수한 시아버지, 그녀의 증조부가 94세에 돌아갈 때까지 모셨다. 증조부의 막내아들과 그녀의 아버지는 같은 해에 태어났다. 아버지보다 나이 어린 숙모인 할머니는 그들 집안이 있던 남쪽의 도시에서 겨울을 보내다가 날이 풀리면 노블카운티의 손위 시누이 내외 곁에 와 있었다.

　왕고모와 이야기를 나누고 싶다면 자신이 있을 때 와야 할 거라고, 자신의 말을 가장 잘 알아듣는다고, 뭘 사오고 싶으면 참외와 굴이 좋겠다고 말하고는 목소리를 낮춰 무슨 말인가를 더 했는데, 그녀는 알아듣지 못했다. 왕고모 내외 중 누군가에 대한 이야기처럼 들렸지만 되묻지는 않았다.

　"돌아올 땐?"

　진입로를 지나 실버타운의 정문을 통과해 들어가며 남편이 물었다.

"알아서 갈게."

그렇게는 대답했지만 별다른 대책은 없었다.

둘이 애인이었을 때 그녀는 그 길을 혼자 걸어서 다녔다. 마땅한 교통편이 없던 때였지만, 있었다 해도 언제나 너무 늦은 시간이었다. 그가 반대쪽에서 걸어 내려와 그녀를 마중할 만큼 둘의 연애는 달콤하지도 여유롭지도 않았다. 그랬던 것이 연애만은 아니었지만, 스스로의 생활에 대한 검열과 둘만의 시간을 가지는 것에 대한 죄책감으로 불안하게 만났고 조급하게 헤어졌다. 사랑한다거나 그리웠다는 말을 속삭이지도 않았다. 조심스럽게 서로의 몸을 만질 때에도 불안하기는 마찬가지였다. 둘은 사랑에 관한 이야기보다 정세니 조직화니 운동과 신념에 관해 더 많이 이야기했는데, 그것은 그 시절의 연애에 대한 죄책감을 덜어주었다. 진정한 사랑은 그런 것이라고 믿었다.

그렇게 밤을 보내고 이른 새벽에 그녀가 돌아갈 때에도 그는 도로 멀리까지 배웅하지 못했다. 그러지 않아야 하는 것이 서로에 대한 배려이고, 연애를 지키는 길이라고 생각했다.

노블카운티 안은 여느 휴양지만큼이나 드넓었다. 남편은 요양센터인 '너싱홈'과 수영장과 편의시설이 모여 있는 '리빙프라자' 건물을 한 바퀴 돌고 나서야 언덕 위에 있는 타워A동을 찾아갔다.

"다녀올게."

"다녀와."

둘은 자동차 안에서 그렇게만 인사를 나누었다.

그녀가 내리자 남편은 곧바로 차를 돌려 진입로 쪽으로 내려갔다.

바깥은 햇볕이 강했지만 바람도 불었다. A동 주차장을 둘러싼 나무의 가지들이 흔들리고 머리카락이 이리저리 나부꼈다. 회전문이 있는 현관 쪽으로 걷다가 무심히 돌아본 비탈길 아래로 긴 산책로와 잔디밭과 잘 가꾸어진 정원과 그곳을 거닐고 있는 노인들이 한눈에 들어왔다. 더 아래쪽 셔틀버스 정류장에 버스 두 대가 정차되어 있었고, 남편이 타고 있는 낡은 자동차가 그 곁을 지나갔다.

약속한 시간보다 30분이나 늦었지만, 그녀는 회전문 밖에 잠시 서 있었다.

숙모할머니와 왕고모는 15년 만에, 왕고모부는 언제인지도 모르게 왕래가 없었기 때문에 세 노인들을 어떻게 대해야 할지 몰랐다. 숙모할머니와 왕고모를 마지막으로 만난 것은 아버지의 장례식장에서였다. 왕고모는 여든 살이 다 되어가는 나이였지만 어디 한 군데 흠잡을 데 없이 건강하고 기품 있어 보였다. 완전히 하얗게 센 머리카락을 솜사탕처럼 부풀리고 검은 한복을 입은 그 모습은 어느 가문의 귀족 같았다.

숙모할머니는 그때도 손위 시누이 곁에서 시중을 들었다.

장례식장에 온 왕고모는 "호야가 죽었구나" 하며 고개를 숙이고 눈물을 훔치더니 뜻밖의 이야기를 꺼냈다. 아버지의 장례식장이었으므로 아버지에 관한 이야기였고, 알려진 것과는 다른 이야기였다. 죽음 이후의 세계나 혼령 같은 것을 믿지 않는 사람이라도 장례식장 같은 곳에서는 죽은 사람의 영혼이 그를 보러 온 사람들 틈에 섞여 있을 것 같은 착각이 들기도 해서, 아버지의 혼령이 그곳 어딘가에 있을 것만 같았다.

왕고모와 장례식장에 다녀간 친척들은 아버지가 그리워했지만 죽기 전까지 만날 수 없었던 사람들이었다. 낡은 수첩을 넘겨가며 여기저기 전화를 걸었는데 누구도 만나지 못하고 눈을 감았다. 아버지의 혼령이 있었다면 그들을 만나고 왕고모의 이야기를 들었을 테지만, 이미 이생을 떠난 사람에게 그것이 다행한 일인지 더 가슴 아픈 일인지는 알 수 없었다.

"그러니까 호야의 친모는……" 퇴근 시간이 지나 남편의 회사 동료 여럿이 공장 작업복 차림으로 장례식장 안으로 들어서자, 왕고모는 하던 이야기를 멈추고 그들을 유심히 바라보았다. 그녀와 결혼한 후 남편은 두 번의 해고를 당했는데, 그때가 첫번째 해고를 당한 직후였다. 두 번 다 노동조합과 관련된 일이었다. 그녀의 아버지는 그런 그를 못마땅해했고, 그 때문에 함께 가난해진 그녀를 안쓰러워하다가 떠났다.

그들의 조문을 맞이하기 위해 그녀가 일어서자 왕고모 일행도 서둘러 자리를 떴다. 왕고모의 이야기를 더 들을 수는 없었지만 그녀에게는 언젠가 한 번쯤은 꼭 들어야 할 이야기로 여겨졌다. 왕고모의 말이 진실이라면 아버지의 삶은 일찌감치 달라졌을 것이고, 그랬다면 그들 가족의 삶도 달랐을 것이라고 그녀는 생각했다.

진실에 관해서라면 남편에게도 오래 묻어둔 일이 있었는데, 그는 굳이 알려고 하지 않았다.

아버지의 장례식을 치르고 몇 년이 지나 남편은 두번째 해고를 당했다. 회사 측의 일방적인 공장 해외 이전을 막기 위해 그들은 쟁의 신고를 하고 공장 마당에 모여 있었다. 법적으로 허가된 시간이 막 시작되었을 때, 회사 측에서 고용한 용역업체 직원들이 그들을 향해 폭력을 휘둘렀다. 그들의 신체적 존엄과 법적 권리가 무자비하게 짓밟힌 사건이었다. 그일로 남편과 여러 명의 동료들이 회사를 떠나야 했다. 남편은 오랜 시간 그 일을 잊지 못했다. 그날의 쟁의에 대한 자신의 판단이 옳았던 것인지, 자신으로 인해 동료들과 조합원들을 처참한 상황에 빠뜨린 것은 아닌지 의심하고 괴로워했다. 시간이 흐른 후 동료 중 한 명이 그때의 모습이 찍힌 영상을 보여주었을 때 모두가 충격에 빠졌지만, 그는 진실을 알려 하지 않았고 모든 판단을 유보했다. 폭력을 휘두르는 용역업체 직원들 뒤에 그와 가장 가까웠던 동료의 모습이 찍혀 있었던 것이다. 그것을 본 사람들은 그날의 일이 그 사람과 관련이 있을 거라고 믿었지만 그는 '우연이었을지도 모른다'고 말했을 뿐 확인하려 하지 않았다.

진실을 알아내는 것은 어려운 일이라서, 그 동료가 스스로 진실을 말하기 전까지는 누구도 알 수 없다는 것이었다.

그녀는 바람에 헝클어진 머리카락을 쓸어내리며 회전문 안으로 들어섰다. 1층 로비의 소파에 앉아 돋보기를 쓰고 무언가 읽고 있는 노인을, 그녀는 금방 알아볼 수 있었다.

"헛것을 보시네, 자꾸……"

노인은 그녀의 숙모할머니였다.

한눈에 봐도 마지막으로 보았을 때보다 더 노인이 되어 있었지만 건강하고 곱게 늙은 모습이었다. 아버지가 살아 있었다면 그 나이쯤 되었을 것이고, 그 역시 그 집안의 사람들처럼 고운 늙은이가 되어 있을 것이었다. 그녀 집안의 사람들은 누구든 아버지를 떠올리게 했는데, 아버지가 그들을 하염없이 그리워했기 때문이고, 하지만 그들 모두는 늘 술에 취해 있던 아버지를 귀찮아했기 때문이다. 그녀는 아버지를 반기는 사람을 본 적이 없었다. 그것은 그녀를 부끄럽게도 아프게도 했으며, 아버지뿐 아니라 자신조차도 그런 존재가 된 것 같은 기분이 들게도 했다.

숙모할머니는 읽던 책을 접고 돋보기를 쓴 채로 그녀와 마주 섰다. 그 얼굴이 지적으로 보이기까지 한 것이 손에 들고 있는 시집 때문만은 아닌 듯, 주변 노인들 모두가 비슷한 분위기였다.

그들은 로비에 있는 바에 앉아 커피를 마시며 책과 신문을 뒤적이거나, 한쪽에 설치된 실내 골프연습장에서 자세를 취하며 더할 나위 없이 여유로운 시간을 보내고 있었다. 실버타운 밖에서 마주치는 노인들과는 다른 일상, 다른 표정이었다. 어릴 때 보았던 왕고모의 집과 그 집에 살고 있던 사람들처럼, 부유함 자체가 풍겨내는 고유한 빛깔일지도 모른다고 그녀는 생각했다.

방이 어디에 몇 개가 있는지도 알 수 없을 만큼 넓고 높은 이층집에는 왕고모 내외와 눈부시게 하얀 얼굴의 두 딸과 총명한 아들 둘과 식모가 살고 있었고, 왕고모부의 아버지와 왕고모의 아버지인 그녀의 증조부, 두 사돈이 한 계절씩 머물렀다.

노인들은 하얀 바지저고리를 입고 응접실에 앉아 장기를 두거나 한자로 쓰여진 고서적을 읽다가 긴 담뱃대의 대통에 연초를 채우고 불을 붙여 빨아들이곤 했는데, 그녀는 전에도 후에도 그토록 평화로운 노년을 본 적이 없었다. 그러던 증조부는 특별한 병도 없이 잠자듯 조용히 세상을 떴고, 왕고모부의 아버지도 오래 살다 떠났다.

그 부잣집에는 왕고모 내외의 동생이니 조카니, 양쪽 집안의 친척들이 학교나 회사 등의 이유로 오래 머물다 갔고, 외국에 살고 있던 친지들이 한 번씩 다녀가기도 했지만, 그 정도의 객들이 드나드는 것은 번거로운 일로 보이지도 않았다.

　그녀 역시 왕고모의 두 딸에게 피아노를 배우며 겨울방학을 보내곤 했는데, 두 딸들은 그날 연습할 횟수를 다 채우면 커다란 크리스마스트리에 매달린 사탕과 과자를 따먹도록 해주었다. 왕고모는 그녀에게 매일 두 번씩 심부름을 시켰다. 그녀는 이른 아침에 대문에 꽂힌 신문을 가져다가 응접실 탁자 위에 올려놓고 우편배달부가 다녀가는 시간에 맞춰 우편물을 가져오기 위해 하루에 두 번씩 마당에 쌓인 눈을 밟으며 넓은 정원을 지나 대문까지 뛰어갔다.

　편지가 온 날에는 왕고모가 그녀에게 편지를 읽게 했다.

　'사랑하는 이모부' '존경하는 형수님' 같은 존칭으로 시작하고, '……사랑과 은혜를 잊지 않겠다'는 감사의 인사로 맺는 편지들이었다. 한번은 '사랑하는 고모……'로 시작하는 아주 긴 편지를 읽은 적도 있었다. 아버지의 필체였다. 왕고모가 고개를 끄덕이지도 기쁜 표정을 짓지도 않아서 그런 편지를 보낸 아버지가 측은하게도 부끄럽게도 느껴졌지만, 그 부잣집에서는 그녀의 얼굴도 왕고모의 두 딸처럼 뽀얗게 피어올라 아버지 때문에 빼앗긴 자신의 혈통을 되찾은 것 같은 기분이 들기도 했는데, 그 집을 떠나면 그만인 것들이었다.

　숙모할머니는 그녀와 함께 로비를 지나 엘리베이터가 있는 복도를 걸으면서도 계속해서 '헛것'에 대해 이야기했다.

　시력을 잃은 왕고모부가 밤마다 더듬거리며 집 안을 돌아다닌다고, 낯선 여자가 들어왔다고 한다고, 할머니는 주변의 노인들이 듣지 못하도록 목소리를 감추며 소곤댔다.

왕고모부에게 섬망이 왔다는 것이었는데, 존재하는 것을 볼 수 없게 된 왕고모부가 이제는 존재하지 않는 것을 본다는 말이었다.

헛것에 대해 듣고 있는 동안에는 눈앞의 부유물들이 사라졌다가 그녀가 그것을 깨달았을 때 검은 점들이 다시 시야로 모여들었다. 잊고 있던 굴 비린내도 맡아졌다. 화장실에라도 다녀오고 싶었지만, 숙모할머니는 남편과 아이들의 안부를 묻고 왕고모 내외에 대한 걱정과 자신의 답답함을 풀어놓느라 이야기를 멈추지 않았다. 엘리베이터 앞에서도 쉬지 않고 무언가 말했다.

'학교도 많이 변했네.'

남편에게서 문자메시지가 도착했다.

집으로 돌아가지 않고 그가 다니던 학교에 들렀다고, 거기서 그녀를 기다리고 있겠다고 했다.

왕고모 내외가 있는 타워A동의 내부는 여느 아파트처럼 거실과 방 한 칸과 욕실과 주방이 있는 독립된 세대로 이루어져 있었다. 거실 한쪽에 크고 단단해 보이는 나무 침대가 있고, 휠체어가 있고, 왕고모부는 나무 침대에 등을 기대어, 왕고모는 휠체어에 앉아, 나란히 티브이 쪽을 향해 있었다.

그녀가 안으로 들어서자 왕고모는 휠체어에서 일어나 그녀에게로 다가왔다. 왕고모부는 그녀 쪽으로 고개를 돌렸다. 그녀가 인사를 드릴 때 왕고모는 고개를 끄덕였고, 그녀가 다가갔을 때 왕고모부는 그녀를 쳐다봤다. 듣고 있고 보고 있는 느낌이었다.

오래전의 딱딱하고 차가웠던 왕고모부의 표정과 두 눈은 놀랄 만큼 부드럽고 깊었다. 젊을 때에도 빼어난 미인이었던 왕고모는 91세의 나이에도 희고 고운 피부가 남아 있었다. 솜사탕처럼 흰 머리카락은 여전했지만 여느 노인들처럼 등이 굽지도, 다리가 불편한 것 같지도 않았다.

그들은 아무렇지도 않아 보였다.

表鎭年, 密陽出生
나이 101세 1919年生
경북여고 6回卒

왕고모는 종이에 쓴 것을 그녀 앞에 내밀었다. 왕고모를 따라 들어간 방은 그녀가 상상한 적이 있는 방이었고 상상했던 모습과 크게 다르지 않았다. 한쪽에는 침대가, 맞은편에는 금빛의 재봉틀이 있었다. 무엇보다 그녀의 눈길을 사로잡은 것은 재봉틀과 침대 사이에 가로놓인 2단 반닫이였다. 아주 오래된 것으로 보이지는 않았지만 적당히 낡은, 흰색과 노란색 자개 꽃문양과 앙증맞은 자물통으로 장식되어 있는 아름다운 반닫이였다. 왕고모가 무언가 꺼내기 위해 문을 잡아당길 때마다 삐걱거리는 소리가 났다. 위쪽 벽에는 반닫이에 장식된 것과 같은 꽃문양이 수놓아진 액자가 걸려 있었는데, 아마도 왕고모의 솜씨인 듯했다. 침대 위에는 흰 옷감으로 만들다 만 속치마가 접혀 있고, 기다란 옷걸이에 완성된 한복 한 벌이 걸려 있었다. 언뜻 보기에는 어느 귀한 집 안주인의 방 같았다.

숙모할머니가 방으로 따라 들어와 왕고모와 마주 앉았다.

"네가 그 표진년을 닮았다. 호야의 친모……"

왕고모가 그녀의 얼굴을 찬찬히 들여다보며 말했다.

눈은 맑고, 가늘고 비음이 섞인 목소리에는 여전히 그들 집안의 억양이 묻어 있었다.

왕고모가 종이에 적어준 '표진년'은 그녀가 처음 알게 된 할머니의 이름이었다.

일본으로 유학 간 증조부의 장남, 그녀의 조부는 태중에 아기를 품은 여자를 데리고 집으로 돌아왔다고. 그 시대에 스타킹을 신고 양장을 하고 들어온 신식 여자였다고. 반길 수는 없었지만 태중의 아기는 집안의 장손이었으므로 어쩔 수 없이 여자를 들였는데, 여자는 아기가 태어나 돌도 되기 전에 집을 나가버렸다고. 아기가 자라면서 어머니를 찾을 때마다 그녀의 증조모, 아기의 할머니는 '네 어머니는 바람이 나서

너를 버렸으니' 잊으라 했다고.

그녀가 알고 있던 아버지와 할머니에 대한 이야기였다.

훗날 그 아기, 그녀의 아버지는 아내를 사랑했지만 어머니처럼 아내도 자신을 버릴 거라고 생각했다. 아내가 누군가와 바람이 났을 거라고 믿으며 끝없이 아내를 학대했다. 대학에 들어가서 사회와, 구조와, 구조 속에서의 인간에 대해 공부하며 그녀는 아버지의 문제가 아버지만의 문제는 아니라는 것을 이해하기 시작했지만, 그 무렵 그녀의 어머니는 스스로 목숨을 끊었다.

어머니의 죽음과 함께 아버지와 그녀 가족의 삶도 더는 돌이킬 수 없게 되었다.

"모른다, 나는 아무것도 모르겠다."

그녀가 무슨 말인가 물을 때마다 왕고모는 숙모할머니를 바라보았고, 그러면 숙모할머니는 입을 크게 움직이며 그녀의 말을 전했다. 그조차 알아듣지 못하면 종이에 써서 건넸다.

들리지 않는 세계에서 말을 한다는 것은 어떤 것일까. 왕고모부로 말하자면 자신의 모습조차 사라진 세계에서 산다는 것은 어떤 것일까. 그녀 또한 눈앞의 부유물들이 사라졌다 나타나곤 했다.

"표진녕은 문학소녀였다."

왕고모는 반닫이를 열어 책자 한 권을 꺼내 그녀에게 내밀었다.

'표진년, 6회 졸업'

'이경주, 16회 졸업'

그녀의 할머니와 왕고모가 다닌 경북여고 졸업생 명부였다.

그녀가 묻고 숙모할머니가 전하는 것과는 상관없이 왕고모
는 자신이 들려주고 싶은 이야기와 하고 싶은 이야기를 했다.
숙모할머니는 그런 시누이를 답답한 듯 바라보았지만, 그녀
는 어떤 이야기도 놓치지 않으려고 왕고모의 말에 귀를 기울
였다. 그녀로서는 그 무엇도 사소할 수 없었다. 아버지가 기
억하지 못하는, '엄마'라고 불러보지 못한 사람의 이야기였
고, 아버지는 알 수 없는 이야기였고, 그녀만이 기억하게 될
이야기였다.

왕고모는 아예 그녀나 숙모할머니의 말을 들어볼 생각도
없는 듯,

'일본에서 돌아온 왕고모의 오빠이자 그녀의 조부의 어릴
적 휘는 '호'였는데, 독립운동가도 아니면서 일제에 머리 숙
이지 않으려고 취직도 하지 않고 구락부니 찻집이니 나돌아
만 다녔다고. 그녀의 증조모가 되고 자신의 어머니인 '서씨'
는 대구 최고 부자의 장녀였는데, 영남 지구 일본 유학 여성
1호로 대구시에 등재되어 있다고. 일본 초대 총독이 그 지방
엘 가면 머물다 돌아간 대단한 집안이었다고. 화가니 판사니
교수니 학자니 이름만 들어도 알 만한 인물들이 그 집안 사람
들이라고.'

반닫이를 열었다 닫았다 하며 오래전 신문기사며 책자들을 꺼내 그녀에게 보여주면서 이야기를 계속했다.

그것은 그녀의 아버지도 자주 했던 이야기였다. 아버지는 숨을 놓기 전까지 들고 있던 수첩을 넘기며 그들이 얼마나 대단한 사람들인지 그녀에게 말해주었다.

"그런 거 말고 애 할머니 얘기를 하시라고요, 표, 진, 년!" 숙모할머니가 큰 소리로 말하자 그때서야 왕고모는 "아, 표진년!"이라고 따라 말하더니 연필에 침을 묻혀 종이에 무언가를 그리기 시작했다. 그림 아래쪽에는 '봉산동 126번지'라고 썼다. 그녀 집안의 본적지이자 지금은 지방문화재가 된 집의 구조도였다.

정원을 기역자로 감싸며 칸칸이 나누어 그린 구조도에 '식당', '마루', '아버지 방', '유모 방'이라고 써놓았고, 그중 유난히 크게 그린 방에는 '장롱' '책장'이라고도 썼다. 그곳이 '새방'이라고 했는데, 신혼방을 뜻하는 말이었다.

대구 최고 부잣집 장녀였던 증조모가 그 집에서 가장 큰 방을 장남 부부의 신방으로 내주었다는 것이다. 한식방과 침대를 갖춘 양식방, 두 공간으로 나누어 꾸민 방에는 벽이 꽉 차도록 짜 맞춘 장롱과 서재 공간까지 따로 있었다는 말인데, 그것은 아버지의 장례식장에서 들었던 것과는 다른 이야기였다.

"그러니까 표진년이 쫓겨난 게 아닙니까?" 숙모할머니가 그녀 대신 묻자, "쫓겨난 건 맞다!" 왕고모가 대답했고, "바람이 나서 나갔다는 말도 사실이 아닌가요?" 하는 그녀의 말을 "바람이 난 게 아니었고요?" 하고 숙모할머니가 전하자, "바람이 나긴, 표진년이 쫓겨난 뒤에도 둘이 못 잊어서 밖에서 아들 하나를 더 낳았는데" 하고 왕고모가 대답하며 몇 마디를 덧붙였다.

"호야가 그 장롱 앞을 가로막고 서서는…… 이건 우리 엄마 거라고……"

서로 큰 소리로 묻고 대답하던 숙모할머니와 왕고모 두 노인은 그새 피곤하고 지친 기색이었다.

그녀는 할머니의 이름이 적힌 종이와 '새방'이 그려진 그림을 접어 주머니에 깊이 넣었다.

왕고모는 아버지의 장례식장에서 했던 이야기를 기억하지 못하는 듯했다. 할머니가 무슨 이유로 쫓겨나 아버지와 이별하게 되었는지 더 들을 수는 없었지만, 바람이 나서 자신을 버렸다는 어머니를 원망하고 홀로 남아 이복동생들을 질투하며 외롭게 자란 아버지에게 이만하면 되었을 거라고, 그녀는 생각했다.

'어머니 표진년은 호야의 친동생인 아들을 키우며 어느 잡지사의 기자로 살았다고. 그 아들은 이른 나이에 죽고 표진년도 혼자 외롭게 살다가 죽었다고. 그것이 아버지의 진짜 인생이었다고.'

숙모할머니가 어느새 주방으로 나가 떡과 얼린 홍시를 가져오자 왕고모는 반닫이 안에서 보자기를 꺼내 자신이 지은 하얀 속치마 한 벌을 그녀에게 주었다.

"이제 누가 죽어야나 보겠지, 내가 가야지……"

그렇게 말하고는 빙그레 웃었다.

그때서야 그녀는 가방에 넣어둔 굴 생각이 났다. 여태껏 비린내 나는 손을 씻지 않았다는 것도.

그녀는 굴이 담긴 용기를 꺼내 들고 주방으로 나갔다. 왕고모부는 여전히 티브이를 '듣고' 있었다. 그녀는 손을 씻기 위해 화장실 쪽으로 갔다. 왕고모부의 섬망인 여자가 주로 화장실 문턱에 걸터앉아 있다더라는 숙모할머니의 말이 생각나, 그녀는 가장자리로 조심스럽게 문턱을 넘었다.

굴을 담가놓은 맑은 물이 탁해지며 싱싱함도 사라져버려 왕고모부가 좋아한다는 생굴로는 먹을 수 없었다. 그녀는 냉장고에서 계란과 밀가루를 꺼내 굴전을 부치기 시작했다. 뒤따라 나온 숙모할머니는 "얘가 뭘 하려고……" 하면서도 그녀가 하는 대로 내버려두었다. 왕고모는 왕고모부의 곁으로 가서 참외를 깎아 입안에 넣어주었다. 티브이는 여전히 돌아가고 있었다. 한 사람은 티브이를 '보고만' 있을 것이고, 다른 한 사람은 '듣고만' 있을 것이다.

하지만 그런 것이 두 노인의 삶을 흔들지는 않을 것이다.

그녀는 정성껏 부친 굴전을 접시에 나누어 담았다.

왕고모 내외와 숙모할머니가 드셔도 되겠고, 이생의 사람이 아닌 누군가를 위한 것이라도 좋겠고, 존재하지 않지만 어떤 사람의 눈에는 보이는 것들에게 주는 위안이어도 괜찮겠다고 그녀는 생각했다.

타워A동 주차장에 낡고 오래된 회색 자동차가 서 있었다. 남편이 그녀를 기다리고 있었다. 차에 올라 그녀는 조금 울먹였다. 아버지를 생각하며 잠시 울었다. 둘은 말없이 언덕을 내려갔다. 그녀의 몸에서 고소한 굴전 냄새가 났다. 노블카운티를 벗어나 그들이 오래전부터 알고 있던 도로로 들어섰다. 남편은 집으로 가는 방향과 반대쪽으로 차를 돌려 그가 다니던 학교 가까운 곳에 세웠다.

"잠깐 내렸다 가자."

그가 그녀에게 말했다.

그의 말에 그녀는 못 이기는 척 차에서 내렸다.

남편이 먼저 학교 쪽으로 걸었고 그녀도 뒤따라 걸었다. 그녀 혼자 걷거나 그가 혼자 걷던 길이고, 한 번도 둘이 함께 걸어본 적이 없는 길이었다.

눈동자를 움직일 때마다 검은 부유물들이 따라 움직이며 그녀의 시야를 가로막았다. 더는 맑은 허공을 볼 수 없겠지만, 그것은 존재하지 않는 것들이었다. 먼 곳을 보거나 시선을 돌리면 잠깐씩 사라지기도 했다.

그날 밤, 남편은 지독한 치통에 시달리며 잠들지 못했다. 그녀가 그의 침실이 되어버린 거실로 나가자, 그는 두 볼을 손으로 감싸고 소파에 앉아 있었다.

"응급실에라도 가볼까?"

그녀가 물었지만 그는 고개를 저었다.

그녀는 잠시 생각하다가 "방에 가서 자자" 하고 말하고는 거실에 깔린 이불과 요를 걷어 자신의 방 이부자리 옆에 깔았다. 남편은 머뭇거리면서도 그녀를 따라 방으로 들어갔다. 그녀가 자리를 넓혀주며 뒤돌아 눕자, 그는 베개를 그녀의 발쪽으로 놓고 거꾸로 눕더니 곧 잠들었다.

고흐의 빛

어느 겨울 아침, 베란다에 물이 가득 차오른 적이 있었다. 하수구에서 거품이 부글거리며 역류했다. 물이 문턱까지 차오르자 두꺼비집이 내려가고 정전이 되었다. 등 뒤가 컴컴했다. 베란다는 커다란 수족관 같았다. 물이 문턱을 넘어 집 안으로 흘러들기 직전이었다. 나는 아무렇지도 않게 바가지로 물을 퍼냈다. 다섯 살 재이는 베란다에 물고기가 헤엄쳐 다니느냐고 물었다. 물고기 같은 건 없다고 말해주었지만, 물이 가득 찬 베란다에 정말 물고기가 푸른 비늘을 반짝이며 헤엄쳐 다닐 것만 같았다.

"두꺼비집에는 두꺼비가 사나요?"

재이가 또 물었다. 나는 재이를 바라보며 방긋 웃었다. 아침 햇살이 수족관 같은 베란다로 떨어졌다. 다음날에도 물이 차오르고 정전이 될지도 몰랐지만 걱정하지 않았다. 가난하고 춥고 하수구가 얼고 물이 역류해도 귀여운 딸 재이와 건강한 남편 재이아빠와 함께라면 행복할 것이었다.

나는 재이를 품에 안고 베란다 물속에서 헤엄치는 물고기와 어두운 상자 안에 숨어 있는 두꺼비를 상상하며 떨어지는 햇빛을 바라보았다. 이 집에서 보았던 것 중에 가장 찬란한 햇빛이었다.

재이는 여덟 살이 되었고, 우리는 아직 이 집에 살고 있다.

베란다 앞쪽에 있던 농가주택이 허물어지고 이층집이 지어졌다. 일층에는 집주인인 노부부가 살고 있고, 지하와 이층 방에는 폐자재 공장의 외국인 노동자들이 세 들어 있다. 늦은 밤이나 새벽 무렵이면 그들의 낯선 언어와 낮고 쓸쓸한 노랫소리가 들려온다. 가난한 조국을 떠나온 사람들은 자주 마당에 모여 그들만이 알아들을 수 있는 이야기를 나누었다. 먼 곳에서 들려오는 방언 같았다. 방글라데시인 '아불'도 그 어딘가에 있을 것만 같았다. 늘 보던 풍경 속에도, 어두운 골목길에도, 공장에도.

살아 있었던 것은 그렇게 빨리 사라지지 않았다.

이층집에 막혀 집으로 들어오는 햇볕이 절반쯤 줄었다. 벽지도 가구도 햇빛을 잘 받지 못해 원래의 빛깔을 잃어가는 듯했다. 집 안은 온종일 어두컴컴했다. 나는 목이 가늘고 긴 조명을 창가에 세워두고 낮이고 밤이고 불을 켜두었다. 노랗고 은은한 조명이 벽과 가구를 비추면 사라졌던 빛깔이 되돌아온 듯 잠시 마음이 평온했다. 어느 날은 쓰레기장에 버려진 식물들을 주워와 창가에 놓고 정성껏 돌봤다. 하루에도 몇 번씩 햇볕이 옮겨가는 방향으로 자리를 바꿔주었지만 곧 이파리가 누렇게 시들어 말라죽었다. 베란다에 내다놓은 식물들은 잠깐 사이에 얼어 죽었다. 더 이상 식물을 키울 수 없었다. 여덟 살 재이는 햄스터를 키우고 싶어 했고 고양이도 키우고 싶어 했고 토끼를 사달라고도 했다. 걸핏하면 물이 역류하는 추운 집에서 그런 동물들을 키울 수는 없었다. 나는 재이에게 물고기 두 마리를 사주었다. 재이는 푸른색, 무지개색 물고기를 어항에 담아 창가에 놓아두었다.

"물고기가 없어졌어요!"

아침에 재이가 놀라서 소리를 질렀다. 어항 속에 있던 물고기 두 마리가 흔적도 없이 자취를 감춰버린 것이었다. 재이와 나는 주변을 샅샅이 찾아보았다. 물고기는 어디에도 없었다. 어쩐지 으스스한 기분이었다. 재이아빠는 며칠 만에 집으로 돌아와 재이를 안아주었다. 재이가 아빠에게 사라진 물고기 이야기를 했다.

"서로 잡아먹었군."

재이아빠가 말했다. 재이는 무섭다며 두 손으로 눈을 가렸다. 나도 등골이 오싹했다. 그랬다면 지느러미나 뼈라도 남아 있어야 하지 않나. 살아 있는 두 존재가 서로의 몸을 흔적도 없이 먹어치우는 것은 이 세계에서는 불가능한 일이었다. 신의 영역이라면 몰라도.

'재이아빠가 재이를 놀리려고 농담을 한 거지.'

나는 어항에 남아 있는 물을 변기에 쏟아버렸다. 재이아빠는 대낮에 무슨 불을 켜두었느냐며 조명을 껐다. 불이 꺼지자 집안의 모든 색이 사라져버린 것 같았다. 나는 깜짝 놀라서 다시 조명을 켰다. 재이아빠는 이해할 수 없다는 표정이었다. 이해할 수 없는 건 나도 마찬가지였다. 불빛이 사물의 색을 모두 삼켜버린 듯 한순간에 눈앞이 캄캄해지는 걸 어떻게 이해할 수 있을까. 며칠째 천장에서 덜렁거리던 벽지가 주르륵 흘러내렸다. 벽지 안쪽의 시멘트는 젖어 있었고 검은 곰팡이가 잔뜩 피어 있었다.

"벽지를 사와야겠네."

재이아빠가 천장을 힐끔 올려다보며 지나가는 말처럼 중얼거렸다. 벽지가 떨어진 천장은 일 분도 견딜 수 없을 만큼 꼴사나웠다. 재이아빠는 아무렇지도 않게 창가에 앉아 발톱을 깎았다.

"랩터의 발톱 같아요."

재이가 아빠의 발톱을 신기한 듯 들여다보았다. 오랫동안 깎지 않아 정말 공룡의 발톱처럼 두껍고 길고 뾰족했다.

"도배를 할 수 있을까!"

나는 재이아빠가 들으라고 큰 소리로 말했다.


재이아빠와 재이와 나는 벽지를 사러 번화가로 나갔다. 오랜만에 셋이서 함께 하는 외출이니 저녁까지 먹고 들어오자고 재이아빠가 말했다. 늦겨울, 햇살이 환하고 따뜻한 날이었다. 골목길 가장자리 그늘진 곳에는 아직 눈이 쌓여 있었고 가운데는 질퍽거렸다. 재이아빠가 재이를 번쩍 안았다.
"다 큰 애를……"
나는 재이아빠에게 눈을 흘겼다.
"꽃무늬 벽지를 사요."
재이는 기분이 좋아 보였다
"그래, 꽃무늬 벽지를 사자."
재이아빠는 딸의 기분을 망치지 않았다.
"삼겹살을 먹을까?"
재이가 말했다. 나는 지갑을 열어 지폐를 세어보았다. 재이아빠가 주머니에서 만 원짜리 두 장을 꺼내주었다. 우리는 꽃무늬 벽지 한 롤을 샀다. 밀가루 풀을 쑤어 천장만 바르기로 했다. 한 롤로는 다 바를 수 없을 것 같았지만 재이아빠도 나도 더 사자는 말을 하지는 않았다. 저녁을 먹기에는 이른 시간이었으나 겨울 해는 빨리 기울었다. 재이아빠는 빠른 걸음으로 앞서 걸었고, 나는 딴생각을 하느라 느릿느릿 뒤따라 걸었다.

고깃집은 중앙이 실내정원으로 꾸며져 있고 정원을 빙 둘러 탁자가 놓여 있었다. 안쪽에 신발을 벗고 앉을 수 있는 자리도 있었다. 정원 곳곳에 조명이 비추어 햇빛이 직접 닿지 않아도 식물들은 선명한 초록빛으로 싱싱하게 자라고 있었다. 우리 집에서 죽은 식물들이 생각나 잠시 울적했다. 정원 가운데에는 작은 연못이 있었다. 하얀 아기천사 석고상이 오줌을 눌 때마다 음악 소리가 났다. 여기저기서 연기가 피어올랐다. 어른들은 고기를 구워 먹었고, 아이들은 아이스크림 통에 매달려 있었다. 재이가 신발을 벗고 안쪽 자리로 올라가자 재이아빠는 재이가 벗어놓은 신발을 밖으로 향하게 가지런히 놓았다. 나도 재이아빠가 벗어놓은 신발을 가지런히 놓고 방으로 올라갔다.

재이아빠는 삼겹살 2인분을 시켜 노릇하게 구웠다. 재이가 먹기 좋도록 작게 잘라 접시에 놓아주며 입에 묻은 쌈장을 닦아주기도 했다. 재이는 내가 싸준 상추쌈은 먹지 않고 아빠가 싸준 것만 먹었다.

"여보, 고기를 먹어."

고기와 야채를 밀어주었지만 재이아빠는 못 본 척 밥과 된장찌개만 떠먹었다. 나는 재이아빠가 무슨 말이라도 할까 싶어 잠자코 기다렸다. 삼겹살 400그램이 다 구워졌고 먼저 구운 고기들이 타기 시작했다.

"타잖아!"

내가 큰 소리로 말하자 재이는 슬쩍 일어나 아이스크림 통이 있는 쪽으로 갔다. 나는 재이아빠에게 제부도 이야기를 했다.

"친구들이 제부도에 갔어. 정오쯤에 물길이 열렸대. 내일은 오후 여섯시경에 마지막 물길이 열린대. 우리가 올 때까지 기다린다고 했어. 여보, 우리도 재이를 데리고 제부도에 가자. 하루쯤인데 어때? 밝은 곳에 있다 오자. 그런데…… 소송은……"

재이아빠는 내 말을 다 듣기도 전에 고개를 끄덕였다. 그는, 다음날 오후에 회사와 협상이 끝나면 집으로 돌아오겠다고, 함께 제부도에 가자고 대답했다.

"그리고……"

"응?"

재이아빠가 무슨 말인가 더 하려고 할 때 재이가 컵에 아이스크림을 가득 담아 왔다. 재이아빠는 입을 다물었다. 밥도 다 먹어가고. 창밖은 어두워지고 있었다. 정원 주변이 갑자기 환해지더니 분수에서 물줄기가 뿜어져 나왔고, 천사 조각상이 오줌을 누자 음악 소리가 났다. 재이아빠는 정원 쪽을 힐끔 돌아보고는 고개를 숙이고 조심스럽게 말했다.

"회사 쪽 놈들이야, 돌아보지 마."

나도 따라서 정원 쪽을 돌아보자 재이아빠가 눈치를 주었다. 회색 작업복을 입은 남자 두 명이 정원 주변의 탁자 자리에서 고기를 먹고 있었다. 낯익은 얼굴이었다. 재이아빠와 같은 작업복을 입고 있었는데 마치 다른 작업복처럼 보였다.

'하긴, 다른 작업복이기도 하지 않나.'

그들은 재이아빠의 서른일곱번째 생일날, 선물로 파키라 화분을 들고 집으로 찾아와 생일케이크를 나눠 먹으며 즐겁게 술을 마셨다. 재이가 학교에 입학했을 때 가방을 사준 적이 있었고, 고용노동부에 제출할 서류를 함께 준비하기도 했다. 파키라는 이미 말라죽었다.

"삼촌들이야!"

재이도 그들을 기억하고 있었다.

재이아빠는 재이가 아이스크림을 다 먹을 때까지 기다리다가 자리에서 일어났다. 남은 고기가 불판에서 뻣뻣하게 굳어가고 있었다. 상추랑 버섯이랑 야채들도 그대로 남아 있었다. 아까운 생각에 발길이 잘 떨어지지 않았다. 재이와 재이아빠가 신발을 신고 있을 때 회색 작업복 남자들이 우리에게 다가왔다. 나에게는 까딱 목 인사를 했고 재이아빠에게 손을 내밀었다. 재이아빠는 남자들의 손을 잡지 않았다. 두 남자는 씨익, 웃으며 재이의 머리를 한 번씩 쓰다듬고는 우리보다 먼저 밖으로 나갔다. 내가 고기값을 계산하고 자판기에서 커피를 뽑아서 다 마시고 카운터에 있는 사탕을 한줌 집어 재이의 손에 쥐여주고 밖으로 나갈 때까지, 재이아빠는 현관 앞 흡연의 자에 앉아 오래도록 담배를 피웠다.

소송이 시작되자 재이아빠는 이틀이나 사흘에 한 번씩 집으로 들어왔다. 길 때는 일주일 만에 들어온 적도 있었다. 지난 초가을부터 여섯 달째였다. 아불, 아불이 아니었다면, 그보다 먼저 이층집이 지어지지 않았더라면, 그보다 훨씬 더 먼저 저 쓰레기장에 고물들이 차고 넘치게 버려지지 않았다면, 허물고 다시 짓고 뜯어고치며 생겨난 폐기물들이 공장의 밤을 깨우지 않았더라면, 아불의 조국이 가난하지 않았더라면, 재이아빠가 그 시절, 『노동자여 단결하라』 따위의 책을 읽지 않았더라면, 망할! 무엇을 되돌려야 이 모든 일들이 일어나지 않을 수 있었을까만은, 아불에 대해서 말하자면, 그는 선량하고 조용한 방글라데시 청년이었다. 재이의 친구 앤의 엄마가 일하는 식당에서 점심을 먹을 때마다 혼자 일하는 '이모' 앤의 엄마를 도와 음식을 날랐고, 그러면 앤의 엄마는 식당 주인 몰래 아불에게 남은 반찬을 싸주었다. 서툰 한국말로 마을 노인들에게 인사도 잘해서 노인들은 아불을 귀여워했다. 아이들도 검은 피부의 외국인 아불을 두려워하지 않았다. 폐자재 공장은 호황이었다. 공장의 밤 근무는 아불과 같은 외국인 노동자들로 채워졌다. 모두가 잠든 마을에 그들만 깨어 있던 시간, 폐자재 분쇄기에 아불의 한쪽 손이 '분쇄'되어 버렸다. 회사는 아불을 해고했다. 스물한 살의 아불은 한쪽 팔에 붕대를 감은 채 공장 분쇄기에 목을 맸다. 모두가 탄식하고 슬퍼했지만, 아무도 가엾은 아불을 도울 수는 없었다.

아불이 죽고 나서 몇 달쯤 지나 재이아빠와 공장 노동자들은 고용노동부로부터 '노조 설립증'을 받았다. 또 다른 '아불'이 생기기 전에 해야 하는 일이었지만 하필이면 그것을 재이아빠가 주도했다. 모두가 기뻐했고 아불의 슬픈 죽음을 떠올렸다. 더 나쁜 일은 상상하지 않았다. 그들은 '노조 설립증'을 들고 아불이 살던 이층집 마당에 모여 고기를 굽고 술을 마시며 아불이 친구들과 함께 불렀던 노래를 합창했다. 골목 끝에서부터, 어쩌면 폐자재 공장이 있는 성당 위 오솔길에서부터 노랫소리가 들려오는 듯했다.

한 달 후, 공장에는 아무 일도 일어나지 않았지만 재이아빠와, 그리고 노동조합을 만든 사람들은 모두 해고되었다. 겨우한 달 만에. 불법 해고였으니 싸웠고, 싸우다가 공장 문을 부수고 들어갔고, 국가기관으로부터 '업무방해 및 기물파손 손해배상 청구서'라는 문서를 한 장씩 받았다. 회사는 사회 환원과 지역봉사의 차원에서 마을 초등학교에 장학금을 기부하고 마을회관을 새로 지어주었다. 아불의 일로 회사를 욕하며슬퍼했던 마을 사람들은 공장 문을 부순 것은 잘못한 일이었고, 공장이 망하면 마을이 망할 거라고 말했다. 함께 노동조합 신고 서류를 작성했던 사람들은 회사 편에 섰다. 노동조합에 가입했던 노동자들은 회사의 협박과 회유를 오래 견디지 못했다. 자신들에게도 무언가 날아올까 봐 두려워했으며, 아불의 일에는 아불의 잘못이 있다고도 했고, 자신들이 원한 것은 그런 과격한 노동조합이 아니라고도 했다. 남은 사람은 재이아빠와 해고된 노동자 다섯 명뿐이었다. 그들은 '해고무효소송'을 내고 부서진 공장 문 앞에 천막을 쳤다. 아불에게 그랬던 것처럼 그들을 돕는 사람들은 없었다. 가을이 가기 전에 1심 재판은 공장 쪽의 손을 들어주었다. 재이아빠와 해고자들은 항소를 하고 천막에서 겨울을 보냈다. 소송에서 이기지 못하거나 천막을 접는다면 또 다른 '아불들'이 생긴다 해도, 분쇄기에 손목이 날아간다 해도 슬퍼할 수조차 없을 것이었다.

"……그렇게 되면 두 손 중 한쪽은 스스로 자르게 되는 거야. 끝까지 가봐야지."

항소를 하던 날 재이아빠가 했던 말이었다.

그로부터 세 달이 지났고, 겨울도 끝나가고 있다.


해가 기울자 질퍽거리던 골목길이 얼어붙어 있었다. 재이아빠는 재이가 미끄러질까 봐 손을 잡고 천천히, 조심스럽게 걸었다. 나는 도배를 할 생각에 마음이 급해서 앞서 걸었다. 그 빌어먹을 불길한 곰팡이를 더는 보고 싶지 않았다. 재이가 아빠에게 업어달라고 어리광을 부렸다. 어둠이 내리고 있는 집 앞, 눈이 쌓인 쓰레기장에 3인용 소파가 거꾸로 처박혀 있었다. 나는 그 앞에 서서 뒤따라오는 재이아빠를 불렀다.

"재이아빠!"

내가 손짓을 하자 재이아빠는 재이를 업고 성큼성큼 걸어왔다. 여덟 살이나 된 아이는 제법 자랐지만 아빠의 등에 매달려 있었다.

"저거, 저 소파, 가져가자!"

내 말에 재이아빠는 소파를 뒤집어 여기저기 살폈다. 아이가 아빠의 등에서 내려오며 투덜댔다. 소파는 다리 하나가 부러져 덜렁거렸지만 버릴 정도는 아니었다.

"쓸 만하겠어."

재이아빠는 무거운 소파를 번쩍 들어 어깨에 짊어지고 계단을 올라갔다. 등받이 뒤쪽에 크레파스로 그린 그림들과 낙서들과 칼로 그은 듯한 자국이 어두워지는 계단에서도 선명하게 보였다.

재이아빠가 거실 한쪽에 소파를 내려놓는 사이, 나는 재빠르게 조명을 켰다. 침침하게 죽어 있던 색깔들이 살아났다.

'도배는 어떡하지?'

내가 꽃무늬 벽지를 풀어 시멘트가 드러난 천장에 이리저리 맞춰보고 있는 동안, 재이아빠는 덜렁거리는 소파의 앞다리를 뽑아 원래 있던 자리에서 조금 옆으로 옮겨 달았다. 나사를 조이니 튼튼하게 몸체에 박혔다.

'당신은 손가락이 제일 예뻐.'

언젠가 재이아빠에게 했던 말이 떠올랐다. 그의 손가락은 정말이지 길고 아름다웠는데, 뭐든지 척척 고치고 만들어내는 그 손을 나는 사랑했다. 형편없이 가난한 사람이었지만 그

손과 함께라면 무엇이든 빛나게 바꾸며 살아갈 수 있을 거라고 믿었다. 그의 두 손은 나의 미래였다.

재이아빠는 팔걸이 부분을 나사로 한 번 더 조여 튼튼하게 고정시켰다. 나는 소파에 세제를 뿌려 낙서와 얼룩들을 지웠다. 눌러붙어 있던 칙칙한 때와 얼룩이 벗겨지며 연한 주황색이 드러났다. 그래봐야 원래의 주황빛은 아니겠지만.

재이아빠와 재이와 나는 소파에 나란히 앉았다.

"이 소파, 저기 저 색깔이랑 같은데?"

재이아빠가 맞은편 책장 앞에 세워져 있는 고흐의 그림엽서를 가리키며 말했다.

"자화상이에요!"

재이가 얼른 끼어들었다.

"이 더러운 색깔이?"

나는 재이아빠의 말이 못마땅했다. 엽서는 언젠가 미술관에서 사온 기념품이었다. 고흐의 진품 전시회인 줄 알고 재이를 데리고 갔는데 모조품을 전시하고 있었다. '그러면 그렇지, 진짜가 어떻게……' 실망하고 돌아 나오던 길에 미술관 로비에서 산 고흐의 그림엽서, 「파이프를 물고 귀에 붕대를 한 자화상」이었다. 자신의 손으로 자른 한쪽 귀를 붕대로 처매고, 파이프를 물고, 겁먹은 듯 정면을 응시하는 사내의 뒷배경이 주황색이었다. 수없이 찍어낸 가짜라 해도 저 아름다운 배경이 이 빛바랜 소파와 같다니! 그런데 그림의 배경색이

뭔가 달라 보였다. 나는 책장으로 가까이 다가가서 자세히 살펴봤다. 그림 속 사내의 눈을 경계로 위쪽은 색이 바랜 듯한 밝고 연한 주황색이었고, 아래쪽은 붉은색에 가까운 선명한 주황색이었다. 소파는 위쪽의 주황색에 가까웠다. 재이아빠는 어느 쪽을 보았던 걸까.

엽서 옆에는 『러시아혁명사』니, 『제3세계 민중의 운명』이니, 『노동자여 단결하라』 따위의 책들이 꽂혀 있었다. 재이아빠와 내가 대학 시절에 읽던 것들이었는데, 그러니까 저 책들을 읽고 기억하지 않았더라면, 그리하여 민중의 운명이니, 단결하는 노동자 따위의 꿈을 꾸지 않았더라면……

나는 책들을 안쪽으로 깊이 밀어 넣고 고흐의 자화상으로 그 앞을 덮었다.

"비슷한데 뭐……"

재이아빠는 재미있다는 표정이었다.

"그림이나 그려야지."

재이는 나와 아빠의 눈치를 살피더니 소파에서 일어나 방으로 들어갔다.

나는 책장 앞에 서서 소파에 기대앉아 있는 재이아빠를 바라보았다. 주황색 소파라니, 하필이면 제 귀를 자른 멍청한 화가의 배경색이라니, 문득 그 빛바랜 소파를 컴컴한 쓰레기장에 다시 처박아버리고 싶었다.

"그 소파 색깔 거슬려!"

내가 짜증스럽게 말하자,

"왜 그래, 당신……"

재이아빠가 난처한 듯 대꾸했다.

"소송은, 그러니까 재판은 승산이 있는 거야? 가능성은 있는 거지? 불법이 아니랬잖아. 그럼 문제가 없는 거지? 그러게 왜 공장 문을 부수고, 빌미를 주지 말았어야지! 지면? 소송에서 이기지 못하면? 그러면 어떻게 되는데? 이 일억오천만 원은 어떻게 되는데?"

나는 법원에서 날아온 '청구서'를 가져와 재이아빠에게 내밀었다.

"우리는 어떻게 되는데? 잘못한 게 없댔잖아. 그런데 1심 재판에선 왜…… 이번엔 다르겠지? 그래도 문은 부수지 말았어야…… 뭐라고 말 좀 해봐!"

재이아빠는 생각에 잠긴 듯 고개를 숙였다.

"공장 쪽에서 먼저 법을 어기기 시작했어. 여보, 아무도 죽거나 해고되면 안 돼. 아불의……"

재이아빠는 깊은 한숨을 내쉬었다.

"아불의 손이 그렇게 된 것도…… 우리가 해고된 것도, 당신도 알잖아, 우리 잘못이 아니야. 법이 해결하지 못하면 싸워야지, 싸우는 수밖에."

나도 물러서지 않았다.

"알아, 안다고! 그런데 그런 뻔한 말 말고, 진실을 알아야

겠어. 그래서 가망 없는 싸움을 하고 있다는 거야? 그런 거라면……"

나는 무슨 말을 하고 있는 것일까. 상황이 바뀌었으니 마음을 돌리라는 말인가. 더 나쁜 일을 당할까 봐 두려운 것일까. 그러나 정말 그렇게 된다면 어쩔 것인가. 혹 재이아빠는 싸우더라도 나는 뒤로 빠지고 싶은 걸까.

"무슨 말이야?"

재이아빠가 체념한 듯 물었다.

"희망도 없고 기쁨도 사라졌어."

우리에게도 행복하고 찬란한 아침이 있었다는 기억마저 사라져버린 듯 가슴이 아파왔다.

"알잖아, 돌아갈 길이 없어."

재이아빠는 소파에서 일어나 겨울마다 줄곧 입어왔던 코트를 작업복 위에 걸쳤다. 십 년 전, 결혼 준비를 하며 우리는 똑같은 코트 두 벌을 사서 함께 입었다.

행복했었나? 그랬겠지.

거실 귀퉁이에 새로 산 꽃무늬 벽지가 펼쳐진 채 나뒹굴고 있었다. 벽지가 떨어져 시멘트가 드러난 천장은 알 수 없는 세계로 빨려 들어가는 동굴 같았다. 좁은 거실이 낡은 소파의 흐릿한 주황빛으로 물들 것 같았다. 재이아빠가 현관문을 열고 밖으로 나가며 뒤를 돌아보았다.

"내일 돌아올게. 우리도 거기 가자, 제부도에."

"들리지?"

친구의 목소리 뒤편에서 새들의 울음소리와 파도 소리와 재이 또래 아이들이 깔깔대는 소리가 밀물처럼 가까워지다 뒤섞이며 멀어졌고, 바다 위를 떠다니는 차가운 바람이 수화기를 타고 한 올 한 올 밀려드는 듯 귓속이 서늘했다.

"여섯시 십오분에 마지막 물길이 열려. 그전에 도착해야 해. 중부고속도로를 타면 두 시간이면 충분해. 듣고 있니?"

친구가 말했다. 오후 네시가 지나고 있었다. 재이아빠는 한시에 회사와 협상에 들어갔다. 나는 재이아빠에게 수고하라고 말해주었고, 재이아빠는 고맙다고 대답했다. 그것이 마지막 통화였다. 그 후로 전화를 받지 않았고 전원은 꺼져 있었다.

"올 거지?"

친구가 물었다.

"뛰어서라도 갈게."

재이는 오전부터 코트를 입고 모자를 쓴 채 소파에 앉아 아빠를 기다렸다. 이제라도 재이아빠가 돌아오면 중부고속도로를 타고 최고 속도로 달릴 텐데.

"햇볕은 잘 들어?"

나는 바닷가에 있다는 이층짜리 펜션을 상상하며 물었다.

"타죽을지도 몰라. 오기나 하셔."

친구가 농담을 하며 웃었다. 하루 종일 볕이 드는 밝은 곳에서 재이도 뛰어놀게 하고 싶었다. 이 집이 얼마나 좁고 어둡고 추운지, 그래서 식물들과 물고기가 모두 죽거나 사라졌을 때 얼마나 겁이 났는지, 재이도 재이아빠도 그렇게 사라져버릴 것 같아 얼마나 불안했는지.

빛나는 아침이 다시 올까. 그것은 다만 신의 영역일까.

미래는 흔적도 없이 자취를 감춘 물고기의 행방처럼 예측할 수 없었다.

30분 간격으로 전화를 거는 동안 오후 여섯시 십오분이 되었다. 기적처럼 바다가 갈라지고 물길이 열릴 시간이었다. 재이는 지치고 상심한 듯 그림을 그리기 시작했다. 또 손이 없는 소녀 그림이었다. 아불이 죽은 후 재이의 그림 속 소녀들의 손은 모두 사라지고 말았다.

"뭐 하는 짓이야, 이게!"

나는 크레파스를 빼앗아 던져버리고 코트와 모자를 벗겼다. 재이가 울먹였다.

"미안해……"

내가 말하자 재이는 으앙, 하고 울음을 터뜨렸다. 온종일 아빠를 기다리던 서러움에 얼굴이 빨개지도록 울었다. 나는 재이를 품에 안고 달래주었다. 해와 달과 지구가 각자 돌아다니다가 나란히 만날 때가 있어. 그때가 되면 달은 동그랗게 예쁜 모양이 되는데, 알지? 보름달. 예쁘게 부풀어오른 달이 지구를 너무 사랑해서 막 끌어당기는 거야. 그러면 지구에서

가장 아름다운 바닷물이 달을 만나러 떠나. 재이야, 바닷물이
달을 만나러 가면 바다에 또 길이 생겨. 그때 가자, 아빠랑.
"해는?"
재이가 울음을 그쳤다.
"해는……"
전화벨이 울렸다.
"너무 멀리 있어서……"
재이아빠였다.
"여보……"
재이아빠가 흐느꼈다.
"왜, 왜…… 무슨……"
가슴이 두근거렸다.
"미안해, 곧 들어갈게."
재이아빠는 술에 취해 있었고, 밤 열시가 지나서야 비틀거
리며 집으로 돌아왔다.
"제부도에, 우리 제부도에 가자."
그 시간, 섬은 검은 바다에 둘러싸여 아무도 들어가거나 나
올 수 없는 고립된 세계가 되어 있을 것이었다. 취한 재이아
빠는 방바닥에 털썩 주저앉아 잠든 재이를 흔들어 깨웠다.
"재이야, 택시를 부르자. 택시……"
나는 재이를 안아 거실 소파에 눕혔다.
"재판이 있었어. 소송은 졌어. 우린 어떻게 되냐고? 모

두 공장을 떠나야 한대. 일억오천만 원을 배상하래. 공장 문을 부수지 말았어야 했다고? 그래, 그래. 회사와 협상을 했어. 더 항소하지 않고 조용히 떠나면 손해배상은 취소해주겠대, 회사놈들이. 여보, 나 그러기 싫어. 그런데 그러지 않으면…… 아직 다 끝난 것도 아닌데, 두려운 거지, 그 돈은 두려운 돈이잖아. 어떻게 할 거냐고? 우리가 가만히 있어야 했니? 택시, 택시를 부르자……"

재이아빠는 어딘가로 전화를 걸었다.

"그만 좀 해!"

나는 재이아빠의 휴대폰을 빼앗아 방바닥에 던져버리고 친구에게 전화를 했다.

"뛰어서라도 와. 바다를 갈라줄게. 헬기를 보내줄까? 날아오는 건 어때?"

친구들은 취한 듯 유쾌하게 웃고 떠들었다. 어둡고 숨 막히는 이 집에서 내가 그곳으로 갈 수 있다면…… 뛰어서라도……

"재이아빠가 많이 취했어. 우리는 거기 못 가."

친구에게 말했다.

"너희들을 위해 불을 피웠는데…… 너무 힘들어하지 마."

"거긴 어때?"

"천국이야."

쓰러져 누워 있는 재이아빠의 눈에서 눈물이 주르륵 흘러

내렸고, 문 밖에서 무언가 우당탕 굴러떨어지는 소리가 났다. 잠들어 있던 재이가 어느 틈에 깨어 냉장고 앞에 서 있었다. 냉장고 밖으로 김치통이 굴러떨어져 거꾸로 처박혀 있었다. 김칫국물이 사방으로 튀어 바닥과 벽과 싱크대에까지 뒤범벅 이었다.

"맙소사, 홍재이!"

나는 재이의 등짝을 힘껏 후려쳤다. 손이 재이의 등에 닿는 순간, 존재 전체에 폭력을 가한 듯 섬뜩했다. 그것은 내 손바 닥에도 생생하게 남아 있었다. 재이는 꼼짝도 하지 않고, 피 하지도 않고 내 앞에 똑바로 서 있었다. 시뻘건 국물이 흘러 내려 재이의 발바닥 밑으로 스며들었다.

"다 사라져버려! 둘 다 끔찍해!"

나는 재이아빠가 쓰러져 있는 방을 돌아보며 소리쳤다.

"아동학대로 신고해버릴 거야."

고개를 돌리니 재이가 나를 노려보고 있었다.

"뭐, 뭐라고?"

재이가 저런 말을 한 적이 있었던가.

"그래? 그럼 내가 해줄게."

나는 휴대폰을 열어 재이가 보는 앞에서 번호를 눌렀다. 1… 1… 재이가 달려들어 휴대폰을 빼앗았다. 작고 차가운 손 이 부르르 떨렸고 눈동자가 흐려졌다. 여덟 살 재이는 소리 없이 울기 시작했다.

"그게 뭐라고…… 나쁜 년, 네가 엄마니?"

재이아빠가 방에서 튀어나와 나를 바닥으로 내동댕이쳤다.

"너한테도 똑같이 해줄게!"

그는 발을 들어 내 등을 내리쳤다. 힘의 조절이 느껴지지 않았다. 나는 베란다로 뛰어나갔다. 어둠 속에서 아불이 살던 이층집 지하방이 보였다. 불빛도 없고 아불의 친구들도 없었다. 그들은 아불이 죽은 기계 앞에서 밤새도록 폐기물을 분쇄하고 새벽이 되어서야 돌아올 것이었다.

재이아빠는 광기에 휩싸인 사람처럼 베란다 문을 열고 쫓아나와 바깥 창으로 나를 밀었다.

"죽어버려!"

상체가 창밖으로 반쯤 밀려났다.

'뛰어내려버릴까.'

베란다 아래는 풀숲이었다.

마른 풀 속에서 굶주린 고양이들의 울음소리가 들려왔다.

'그래봐야 죽지도 않을 텐데……'

재이아빠가 허공에 주먹을 휘둘렀다. 몸을 피하자 상의가 찢어지며 벗겨져나갔다. 재이아빠가 찢어진 내 옷을 움켜쥐고 있었다. 나는 벌거벗은 몸으로 거실로 들어가 소파에 웅크렸다. 재이아빠도 따라 들어와 나를 향해 다시 한쪽 발을 들어올렸다.

'당신은 상체가 더 예뻐.'

언젠가 재이아빠가 말했던가. 어루만지며 사랑을 나누었던 나의 벗은 등을 차마 힘껏 짓밟을 수는 없었던 것일까. 그의 발이 주춤했다.

내가 두 팔로 가슴을 감싸고 소파에서 일어서자 재이아빠는 무너지듯 주저앉아버렸다.

나는 창가에 세워둔 조명을 들어 창밖으로 던져버렸다.

이 집의 존재를 비춰주던 불빛이 어둠 속으로 추락했다.

다음날 아침, 베란다 창가에 조명이 세워져 있었다. 검은 갓이 찌그러지고 긴 목이 휘어지고 전구가 빠져나가 쓸모없는 것이 되어 원래의 위치로 돌아왔다. 조명을 켜지 않아도 잠시 햇빛이 쏟아지는 시간이었다. 재이아빠는 소파에 기대 앉아 멍하게 어딘가를 바라보고 있었다. 맞은편에 고흐의 자화상이 아침 햇살을 받아 반짝였다.

그는 왜 스스로 제 귀를 잘라버린 것일까.

초점이 흐려진 푸른 눈, 어딘가를 바라보고 있는 고흐의 모습은 광기와 열망에 사로잡혀 절망하는 예술가가 아니라 잠시 휴식을 취하고 있는 늙은 노동자 같았다. 언뜻, 재이아빠의 몸을 감싸고 있는 낡은 소파의 색이 고흐의 배경색과 비슷한 빛깔로 보이는 듯도 했다. 절망의 순간, 시골 마을 '아를'의 빛나는 태양 아래서 그토록 밝은 색을 칠했던 예술가와, 낡고 초라한 집에서 슬픔과 광기의 밤을 보낸 노동자가 닮아

보였던 것은 아마도 잠시 반짝이던 햇살 때문이었으리라.

재이아빠는 소파에서 일어나 작업복을 입고 코트를 걸쳤다.

"어디로 가려고?"

내가 재이아빠에게 물었다.

"회사에 나가봐야지."

재이아빠는 주머니에서 담배를 꺼내 입에 물었다.

그리고 여느 때와 다름없이 출근하는 노동자처럼 집을 나섰다.

재이(在以)

재이는 열두 살이 되었다. 지난 일 년간 부쩍 자랐다. 또래에 비해 유난히 큰 키에, 머리 하나쯤 더, 팔다리가 길쭉하고 가슴이 봉긋하고 생리까지 시작했다.

몸이 성장하자 재이는 더욱 부주의해졌다.

홍재이, 제발!

재이가 부주의한 행동을 할 때마다 나는 남편에게 전화를 걸어 그 애가 얼마나 말도 안 되는 짓을 했는지 일러바친다.

남편은 묵묵부답이다.

나는 재이의 부주의와 재이에 대한 남편의 무관심에 지쳐가고 있고, 이따금 불안과 분노로 방 안에 틀어박혀 운다. 무슨 말도 안 되는 소리냐고, 세상에 참혹한 불행이 얼마나 많은데 고작 그런 일로 울고 있느냐고 질책할 사람이 있을지도 모른다. 굳이 멀리 갈 필요도 없이, 내 경우만 보아도, 나의 어린 시절은 얼마나 불행했던가. 엄마와 아버지는 매일 밤 죽자고 싸워댔다. 정말이지 같이 죽자는 형국이었다. 그 때문에 나는 두 번이나 음독을 했고, 불행에서 도망치기 위해 짧은 연애와 실연을 거듭했다.

그 정점은 엄마의 자살이었다. 맙소사.

엄마가 죽어버린 뒤에 아버지도 죽었고, 마침내 나는 최초의 운명에서 풀려났다. 두 사람의 비극적이고 갑작스러운 죽음이 슬프지 않은 것은 아니었지만, 아니, 생각보다 슬퍼서 세상사에 묘한 배신감까지 느꼈지만 음독을 할 정도의 불행은 영영 사라진 셈이었다. 결혼을 하면서 연애와 실연 따위로 괴로워할 일도 없었다. 내 인생은 바뀌었고, 나는 충분히 행복할 수 있었다.

재이가 그토록 부주의한 아이가 아니라면.

그리고 그 애의 아버지이자 내 남편이 이렇게 침묵하지 않는다면.


며칠 전, 재이는 또다시 일을 저질렀다. 길 건너편 식당에 서였다. 나는 재이의 손, 재이의 발, 재이의 움직임에 모든 신경이 쏠려 일상생활이나 사소한 집안일에도 집중할 수 없었다. 남편은 며칠째 무소식이었다. 재이와 나는 식당에서 저녁을 사먹었다. 해가 붉게 번지며 식당 뒤쪽으로 기울기 시작할 무렵이었다. 식당 뒤쪽은 성당으로 올라가는 오솔길인데, 재이가 자주 놀던 곳이었다. 성당을 지나 50미터쯤 더 올라가면 작은 저수지와 밤나무 숲과 개를 키우는 외딴집과 폐자재 공장이 있다. 그곳에서 재이는 개에게 손가락을 물렸고, 저수지에 빠진 적이 있었고, 숲에서 넘어져 바닥에 쌓인 밤송이에 얼굴을 처박기도 했다. 함께 놀던 아이들은 언제 어디서나 멀쩡했다. 무척 놀라고 아팠을 것이 뻔했지만, 재이는 아무렇지도 않은 듯 휘파람을 불며 집으로 돌아왔다.

재이의 부주의한 사고에 대해서 전해준 것은 같이 놀던 아이들이거나 친구 앤이었다.

앤의 엄마는 식당에서 일했다. 앤은 담배를 피우는 소녀였다. 앤이 열한 살부터 담배를 피웠다는 소문은 열두 살 초봄에 아파트 미끄럼틀 아래서 담배를 피우다가 주희 엄마에게 들킨 것으로 사실이 되었다. 주희는 동네에서 가장 얌전한 아이였다. 그래서였겠지만, 주희 엄마는 학교에 자주 드나들며 만나는 동네아이들을 감시하거나 불러 세워 훈계를 했다. '앤, 아줌마는 이런 꼴 못 봐! 만일 우리 주희가 이런 짓을 하면 아줌마한테 맞아죽을걸?' 이러더래. 재이가 앤에게서 들은 주희 엄마의 말을 나에게 전했다. 다음날 앤은 교장에게 불려갔고, 학교와 마을에 앤이 담배를 피우는 아이라는 소문이 퍼졌다. 그러고 난 바로 다음날 앤은 병원에 입원을 했다. 원인 모를 복통 때문이었다는데, 아마도 담배 때문일 거라고 재이가 말했다. 앤의 얼굴이 유난히 검은 것도 담배 때문일 거라고 사람들이 수군대지만, 사실은 앤의 엄마가 외국인이기 때문이라는 것도 재이의 말이었다. 베트남이라던가? 아니, 필리핀?

식당 안은 저녁을 먹고 있는 외국인 노동자들로 북적댔고 몇 개의 언어가 뒤섞여 있었다. 회색 작업복, 희뿌연 먼지…… 폐자재 공장에서 밥을 대 먹는 곳이지만 식당인지 공장인지 분간하기도 어려웠다. 폐기물을 가득 실은 트럭이 한꺼번에 몰려드는 날에는 공장으로 가져가서 밥을 먹었다. 국적이 다른 남자들이 국이며 밥이며 밑반찬을 넣은 아이스박스를 들고 식당 뒤 오솔길로 올라가는 것을 본 적이 있다.

"공장은 무서워요!"

재이가 식당 안을 둘러보며 속닥거렸다.

앤의 엄마가 베트남, 방글라데시, 아니면 필리핀 노동자들 사이로 카트를 끌고 다니며 정신없이 음식을 나르고 있었다. 서빙을 하고 있는 종업원은 그녀뿐이었다. 커다란 눈과 광대뼈가 넓은 얼굴과 거무스름한 피부가 정말 동남아의 어느 나라에서 온 여자처럼 보였다. 앤도 구석에서 무언가를 먹고 있었다. 작고 까무잡잡하고 엄마처럼 눈이 커다란 소녀, 어딘지 기형적인 느낌이었다. 저토록 작은 아이가 담배라니. 사실 재이가 앤과 어울리는 것이 걱정스러웠지만 그렇다고 두 아이가 노는 것을 말릴 수도 없었다.

어느 저녁, 나는 티브이를 보고 있는 남편에게 앤의 이야기를 들려주었다. 재이는 소파에 앉아 여느 때처럼 손이 없는 소녀를 그리고 있었다. "설마 재이가 그럴 리는 없겠지?" 내 말에는 관심도 없다는 듯, 재이는 노란 색연필로 소녀의 머리카락을 칠하기 시작했다. 남편은, "설마, 우리 재이가……그러면 아빠가 때려줄 거야" 하고 농담 삼아 말했다. 농담이고말고! 남편은 재이가 어떤 부주의한 짓을 해도, 내가 아무리 전화를 걸어 고자질을 해도 재이를 나무라거나 때린 적이 없다. 설사 앤과 함께 담배를 피우다가 모범생 주희의 엄마에게 들킨다 해도 남편은 믿을 수 없을 만큼 침착하게 재이를 타이를 것이 뻔하다. 훌륭한 인격이라고? 무관심이다. 나는 그토록 침착한 무관심에 진저리를 치고 있던 터였다. 남편의 짧은 농담이 끝나자 뜻밖에도 재이는 손과 어깨를 부르르 떨며 들고 있던 색연필을 떨어뜨렸고, 곧바로 손발이 없는 노란 머리 소녀가 소파 아래로 미끄러져 내렸다. 나는 두 번 다시 앤에 대해 이야기하지 않았다. 무언가 재이를 두렵게 하는 것 같았다.

"재이 왔구나?"

앤의 엄마는 재이에게 알은 척을 하며 나에게 눈인사를 보냈다. 그녀는 매우 피곤한 기색이었고 무언가 애써 참고 있는 듯 억눌린 표정이었다. 평소처럼 희미한 미소조차 짓지 않았다.

우리는 겨우 구석자리에, 그러니까 앤과 정반대편에 자리를 잡고 앉았다.

"전에는 고기를 먹었고, 그전에는 제육볶음, 또 어제는 김치찌개를 먹었고, 오늘은…… 냉면!"

무엇 때문인지 재이는 몹시 흥분한 상태였다. 진정해! 나는 재이에게 가까이 다가가 주의를 주었다. 앤의 엄마는 주문을 기다리는 중에도 식당 안을 두리번거리다가 앤이 앉아 있는 구석 쪽을 돌아보았다. 나는 냉면 두 개를 주문하며 그녀의 얼굴을 슬쩍 올려다보았다. 조금 웃어도 좋으련만, 완고해 보일 만큼 무표정했다.

나는 그 모든 것이 앤 때문일 거라고 확신했다. 왜 아니겠는가.

"재이야, 맛있게 먹어."

앤의 엄마는 냉면을 가져다주며 재이의 머리를 쓰다듬었다. 다정한 행동과는 달리 표정과 목소리에서는 어떤 감정도 느껴지지 않았다. 필시 힘든 식당일에 지쳤을, 앤이 여전히 담배를 피우는지 감시하느라 한순간도 긴장을 놓을 수 없을 동남아에서 온 이 여자와 잠시 이야기라도 나누면 어떨까. 재이에 대해서, 앤에 대해서. 물론 우리가 그런 사이는 아니지만.

식사를 마친 노동자들이 출입구 쪽으로 몰려가자, 앤의 엄마는 서둘러 문을 열어주며 그들을 배웅했다. 우리와는 확연하게 구별되는 모습이지만 그들끼리 뭉쳐 있을 때는 특색 없이 자연스럽게 어울리는 사람들. 그들은 곧장 공장으로 돌아가 밤새도록 파이프나 목재 같은 폐자재를 분류하여 분쇄하고 자루에 담아 트럭에 올린 후에야 숙소로 돌아갈 수 있을 것이었다. 동이 틀 무렵에 골목 끝에서, 어쩌면 성당 근처 오솔길에서부터 점점 가까워지던 쓸쓸하고 낯선 노랫소리를 기억하고 있다.

"이모, 안녕! 내일 봐요."

그들은 서툰 한국말로 그녀에게 인사했다. 그때서야 그녀는 희미하게 웃었다.

공장 노동자들이 모두 빠져나간 식당 홀에는 앤과 앤의 엄마와 재이와 나뿐이었다. 간혹 주방에서 그릇이 달그락거리는 소리와 낮은 억양의 조선족의 목소리가 들려왔을 뿐, 시끌벅적하던 식당은 한순간에 고요해졌다. 앤은 무료해 보였고 앤의 엄마는 식탁을 치우느라 바빴다. 재이는 입맛을 다시며 가위를 집어 들었다. 나는 재이가 물을 엎지르거나 유리컵을 깨뜨리거나 수저를 떨어뜨릴까 봐 인상을 잔뜩 찌푸리고 있었다. 심지어 의자를 흔들다가 그대로 뒤로 나자빠진 적도 한두 번이 아니었다.

"재이야, 천천히……"

그 순간, 반짝이는 은색 가윗날이 재이의 긴 머리카락과 냉면 사리를 동시에 자르고 지나갔다. 재이가 옆으로 흘러내린 제 머리카락을 냉면과 함께 잘라버린 것이다. 잘 손질된 가윗

날이 재이의 머리카락을 단번에 베어버렸다. 손을 조금만 더 올렸다면 귀를 베어냈을지도 모른다. 말도 안 된다고? 그건 재이를 몰라서 하는 말이다. 아무튼, 머리카락이 냉면 그릇에 주르륵 쏟아져내렸다. 재이는 아무것도 알아채지 못한 표정이었다. 나와 눈이 마주치자 그때서야 재이는 냉면 그릇 속에 빠진 머리카락을 발견했다. 아! 신음 소리와 함께 가위가 바닥으로 떨어졌다. 나는 머리카락과 냉면이 뒤범벅이 된 그릇을 앞으로 당겨와 손가락으로 머리카락을 골라냈다. 어여쁜 재이의 머리카락, 유난히 노란빛이 돌아 서양 인형의 것 같던 재이의 머리카락, 긴 머리카락을 건져냈지만 짧은 머리카락들은 떠다니거나 바닥에 가라앉아 잘 잡히지 않았다. 나는 아예 손을 쑥 집어넣어 육수를 마구 휘저었다.

"하지 마!"

재이는 냉면 그릇을 제 앞으로 잡아당겼다.

"이리 줘, 그냥 먹을 거야!"

그러고는 말릴 틈도 없이 젓가락으로 냉면을 건져 입안에 쑤셔 넣었다.

"미쳤구나!"

육수 안에 떠다니던 머리카락이 내 목구멍에 걸린 듯 구역질이 났다. 나는 육수에 젖은 손으로 재이의 머리통을 세게 내리쳤다. 재이는 입에 물고 있던 냉면을 뱉어냈다. 재이와 내가 그런 어처구니없는 꼴로 잠시 마주 보고 있을 때, 앤의 엄마가 우리 쪽으로 성큼성큼 걸어왔다. 그녀는 아무 말도 없이 머리카락이 둥둥 떠 있는 냉면 그릇을 들고 주방으로 가더니 곧 새 냉면을 가지고 왔다. 새 가위와 함께.

"잘라!"

나는 앤의 엄마가 가져온 가위를 재이의 손에 쥐여주었다. 재이는 가위를 들고 육수 속에 동그랗게 말려 있는 냉면을 물끄러미 바라보다가, 우욱, 하고 헛구역질을 했다.

"다시는 냉면 따윈 안 먹을 거야……"

밤송이에 얼굴을 찔리고도 태연하게 휘파람을 불며 산에서 내려오던 어느 가을의 저녁처럼, 재이는 태연하게 말했다. 눈물이 핑그르르 돌았던 것은 재이가 아니라 나였다. 이 우스꽝스러운 장면은 도대체 뭐란 말인가. 재이는 아무 일도 없었다는 듯 곧바로 자리에서 일어났다. 식탁에는 젓가락이 꽂힌 채 손도 대지 않은 냉면 한 그릇과 앤의 엄마가 가져다준 새 냉면이 그대로 남아 있었다.

재이가 다시 냉면을 먹는 일은 없을 것이다. 새로 산 원피스에 닭갈비 양념이 붉게 말라붙어 있는 것을 본 후 닭갈비를 먹지 않는 것처럼.

우리가 일어나는 것을 보고 있었는지 반대편 구석에서 앤이 다가왔다. "야, 홍재이!" 앤은 재이를 툭 건드리며 빙그레 웃었다. 재이는 귀찮다는 듯 앤의 손을 밀쳐버렸다. "재수 없게!" 앤은 눈을 흘기며 구석자리로 돌아갔다. 앤의 엄마는 냉면값 하나를 계산하지 않았다. 나는 잘못된 계산서를 들고 카운터 앞에 서 있었다.

"그건 특별히 아줌마가 사주는 거야."

앤의 엄마가 뭉텅 잘려나간 재이의 한쪽 머리카락을 물끄러미 바라보며 말했다.

머리카락으로 뒤범벅이 된 냉면을 말하는 것인지 말도 없이 불쑥 가져온 새 냉면을 말하는 것인지, 호의를 베푸는 것인지 조롱하는 것인지 분간할 수 없는 표정이었다. 텅 빈 눈빛이 부드럽게 흐려지고 꾹 다물고 있던 입꼬리가 살짝 올라가 미세하게 움직이는 것도 같았다. 분명 이전까지와는 다른 표정이었다. 내내 눈도 마주치지 않던 여자가 고개를 돌려 나를 똑바로 쳐다보았다. 순간, 온몸에 갇혀 있던 열기가 한꺼번에 빠져나오듯 얼굴이 화끈거렸다. 지치고 무기력하게만 보이던 여자의 갑작스러운 변화는 악의에 가깝게 느껴졌다.

이 모든 것이 재이의 저 망할 부주의 때문이 아닌가!

나는 서둘러 출입문을 열었다. 날은 벌써 어두워지고 있었다. 저녁 어스름 속에서 초여름의 눅눅한 공기가 안으로 후끈 밀려들었다. 재이는 균형이 맞지 않는 한쪽 머리카락을 손으로 감싸고 밖으로 뛰어나가 도로를 건넜다. 트럭 세 대가 폐자재 공장 쪽으로 빠르게 달려가고 있었다. 가슴이 답답했다. 나도 서둘러 재이를 따라 길을 건넜다.

앤과 앤의 엄마에게 인사는 했던가? 그럴 리가……

재이는 저녁 내내 낡은 소파에 엎드려 소녀 그림을 그렸다. 모두 손이 없거나 발이 없거나 한쪽 눈을 감고 있었고, 그것도 아니면 아예 옆모습이거나 뒷모습이었다. 낮의 일도 그렇고 기형적인 그림들도 그렇고, 딸의 마음속에서 어떤 불길한 일이 일어나고 있는 것은 아닐까. 아무래도 그냥 둘 일은 아닌 듯했다.

그날 밤, 나는 남편이 돌아오기만을 기다렸다. 재이에 대해서, 그러니까 우리 둘의 아이 재이의 미래에 대해서 할 말이 많았고, 무엇이라고 딱 잘라 말할 수는 없지만 해결하지 않으면 안 될 것 같은 일들이 머릿속에 가득 차올라 조바심이 났다. 나는 '그것'에 대해서 남편과 이야기를 나누고 싶었다. 그러나 남편은 늦은 밤까지 전화를 받지도 걸지도 집으로 돌아오지도 않았다.

벌써 며칠쨀가.

약이 오르고 화가 치밀어서 견딜 수가 없었다. 묵묵부답도 모자라 이제는 전화조차. 늘 그랬듯이 재이의 부주의한 행동에 대한 불안은 남편의 무관심에 대한 분노로 정신없이 번졌다.


남편은 사내하청 비정규직 노동자였다. 회사에서 원하는 대로 하는, 해야 하는, 남자였다. 주말에도 휴가 때도 한밤중에도 회사가 부르면 달려가고 남으라면 군말 없이 남았다. 자발적이고 충직한 노예 같았다. 왜 안 된다고 말하지 않지? 이

건 너무 부조리해. 제멋대로인 회사만큼이나 남편이 못마땅했지만, 폐자재 공장을 떠나 3년이 넘도록 그는 묵묵부답, 공장에 복종했다.

그랬던 남편이 일 년 전, 다시 비정규직 노동조합에 가입하고 노조위원장까지 하게 된 것은 우연일까 당연한 것일까. 어쩔 수 없는 절박하고 정의로운 이유에서였나? 나는 남편을 지지했다. 절박하고 정의로운 이유 앞에서 망설이는 것이 비겁한 짓이라는 양심에 관한 문제는 둘째 치고, 언제까지나 불안한 비정규직 노동자로 사느니 차라리 노동운동가로 살아가는 것이 남편에게도 그의 아내인 나에게도 멋진 삶이라고 생각했을지도 모른다. 분명 그런 생각이었을 것이다. 잘해봐! 그동안 다른 건 내가 책임질게. 망설이고 있던 남편에게 큰소리까지 쳤다. 아마도 잠시 정신이 나간. 아무튼 우리의 '운명'을 누군가의 손에 쥐여주지 않아도 된다는, 무엇보다 남편이 '안 된다고' 말하는 것을 상상하는 것은 나쁘지 않은 일이었다.

그러나 결과는 상상보다 나빴다.

회사와 충돌 후 상황은 더욱 부조리해졌다. 노동조합의 요구대로 사내하청 비정규직 노동자를 정규직화해야 한다는 법원의 1차 판결을 받았지만, 판결과는 무관하게 남편은 여전히 비정규직이었다. 게다가 계약 기간이 끝나기도 전에 해고되었다. 우리가 이미 예상했던 것처럼 법의 판결은 무의미했으며 이후의 과정도 반복되었다. 남편은 재판이나 시위, 밤낮 이어지는 회의나 술자리 때문에 집에 들어오지 못하는 날이 많아졌고, 나는 대부분의 시간을 재이와 둘이 보냈다. 여러 가지로 짜증스럽고 불안한 일들을 겪어야 했지만 불평을 늘어놓거나 무언가를 요구할 처지도 아니었다. 양심이나 기대감 따위는 제쳐두고라도. 물론 그런 것들은 지난 일 년을 지나오는 동안 완전히 무너졌다! 이제 막는다고 막을 수 있는 일이 아니라는 것쯤은 나도 알고 있었다.

그들은 왜 법을 지키지 않는 거야?

내가 묻자, 대법원 판결까지는 회사 쪽에서 시간을 끌 것이고 최종 판결이 난다 해도 그들이 피해갈 방법은 얼마든지 있을 것이라고 남편이 대답했다.

그렇다면 왜 계속하는 거지?

남편은 말이 없었다. 가령, 정의라든가 희망이라든가. 어쨌든 상대는 충직한 노예와 쉬운 해고와 차별이 필요하겠지만, 이쪽에서 보자면 단지 '비(非)'라는 음절 하나로, 공장에 노예계약서를 바친 사람들처럼 사는 위협적인 삶을 받아들일 수는 없는 노릇이었다. 말하자면 '존재'에 관한 문제였고, 어느 쪽이든 죽자고 하는 일이었다. 사실, 어느 쪽이 죽을지 점치는 것이 그리 어려운 일은 아니다. 그렇다면 무엇 때문에 죽자고 덤벼드는 것일까. 그걸 알면, 죽자고 싸우다 결국 한 사람이 스스로 목숨을 끊어버린 후에야 끝난 엄마와 아버지,

하물며 사랑 따위에 죽자고 목숨을 건 노트르담의 꼽추조차 이해하게 될지도 모르는 일이다.

뮤지컬, 파리의 노트르담…… 제이와 함께 보았던가. 맙소사, 기억난다. 그날 공연장에서 우리는 서로를 잃어버렸고, 그래서 흉측하고 무력한 꼽추 종지기 이야기의 결말을 보지 못했다.

1막이 끝나고 20분의 휴식 시간이었다. 제이가 화장실에 간 동안 나는 뮤지컬 관람자를 위한 귀금속 특별할인 전시판매대를 기웃거리고 있었다. 보석에 정신이 팔려 있다가 문득 주위를 둘러보니 제이가 보이지 않았다. 곧 2막이 시작될 시간이었다. 나는 화장실, 현관 주변, 커피숍, 엘리베이터를 뒤지며 제이를 찾아다녔다. 제이는 어디에도 없었다. 공연장이 닫히고 2막이 시작되고 나서야 우리는 텅 빈 라운지에서 만났다.

종지기는 죽었나요?

허무하게 공연장을 빠져나오고 있을 때 제이가 물었다.

몰라, 우리는 2막을 못 봤잖아. 도대체 어디 있었던 거야?

나도 신경질적으로 물었다.

엄마는요? 제이가 되물었다.

글쎄……

내가 화장실, 현관 주변, 커피숍, 엘리베이터에서 제이를 찾아 헤매고 있을 때 제이는 엘리베이터, 커피숍, 현관 주변, 화장실에 있었던 것일까. 순서가 뒤바뀐 장소에서 서로 엇갈리다가 우리 둘 중 누구의 잘못도 아닌 문제로 시간을 허비했던 것뿐일까.

나는, '반쪽'이라는 뜻의 꼽추 종지기 콰지모도가 목숨을 건 싸움 끝에 사랑하는 여인을 얻고 사원 밖 사람들에게 인정받게 된다는, 오래전에 보았던 영화의 결말을 재이에게 말해주지 않았다. 그랬다면 재이는, 못생긴 꼽추가요? 하고 물었을 테고, 그러면 나는 '사랑이나 정의'의 힘과 같은 뻔한 이야기를 해야 했을지도 모른다.

아무튼, 죽자고 싸우는 일이든 사랑이든 노동운동이든, 도무지 알 수는 없지만 몸과 마음이 시키는 대로 하는 일이 왜 없을까. 하지만 내가 할 수 있는 일은 방문 학습지 아이들의 머릿수를 늘리며 돈을 더 벌어오고, 그러니까 생계? 아무튼 의기양양하게 책임지겠다고 했던 그 무언가를 책임지고, 몇 년째 회사 앞에서 농성을 벌이고 있는 학습지 노조 주변을 얼쩡거리는 일도 없이, 나의 딸 재이가 안전하게, 얌전하고 아름다운 소녀로 성장하게 하는 것이었다.

이쯤이면 나로서는 최선을 다해 살고 있는 셈이 아닌가.

재이의 부주의한 행동과 남편의 무관심이 나를 괴롭히지만 않는다면.

나는 끝나지 않을 것 같았던 내 부모와의 최초의 불행에서 겨우 벗어나 사원 밖 세상에서 평범한, 어쩌면 행복할 수도 있는 내 인생을 그런 것으로 망치고 싶지는 않았다.

분노가 불안으로, 불안이 분노로 바뀌기를 몇 차례 반복하며 지쳐가고 있을 때, 마침내 전화벨이 울렸다. 남편이었다. 재이가 저지른 그 부주의한 일들이란 것은, 그 기형적인 그림이란 것은 애초에 아무 문제가 아니었다는 듯 어딘가로 밀려나고 있었지만, 나는 습관처럼 재이의 이야기를 꺼냈다.

"재이가 도대체 무슨 짓을……"

"연행되고 있는 중이야."

전화기 너머에서 차들의 경적 소리와 도로의 마찰음과 누군가의 고함 소리가 들려왔다. 경찰 호송차 안이라는 것을 짐작할 수 있었다. 남편은 다급하게 무슨 말인가를 전하려고 했지만 소음에 묻혀 잘 알아들을 수 없었다.

"48시간 동안 연락이 되지 않을 거야, 48시간……"

이라는 마지막 말과 함께 뚜 뚜 뚜…… 전화는 끊어졌다.

그 후 우리는 어떤 연락도 취할 수 없었다. 법적으로 체포와 구금이 허용된 48시간 동안 나는 남편이 어디에 있는지 무슨 일을 겪고 있는지 전혀 알 수 없었고 궁금하지도 않았다. 혹시 내가 불안하고 힘들었을 거라고 생각하는 사람이 있을지 모르겠지만, 실제로 위로의 전화를 걸어오는 사람들도 있었지만, 남편이 사라진 48시간 동안, 그러니까 공장이 아니라 국가가 나의 남편을 가둔 동안 나는 알 수 없는 평화를 느꼈다.

그날 저녁, 재이와 나는 손을 잡고 좁은 이차선 도로 옆 인도를 한참 동안 걸어 나가 동네에서 가장 큰 마트로 갔다. 재이가 먹고 싶다던, 때 이른, 그래서 비싼 수박을 샀고, 슈크림이 잔뜩 들어 있는 빵과 맥주를 샀다. 마트에서 돌아오는 길에 재이와 나는 노래까지 흥얼거렸다. 어두워지는 길가 풀숲에서 개구리들이 울었고, 성당 옆 밤나무 숲에서 흘러내려온 비릿한 밤꽃 냄새가 초여름 대기에 가득했다.

얼마 만에 느껴보는 평화였을까. 귀엽고 사랑스러웠던, 그러나 그때도 부주의했던 재이의 어린 시절을 떠올리며 웃었고, 그걸 재이에게 말해주자 재이도 따라 웃었다. 소녀티가 나는 재이의 갸름한 얼굴이 제법 예뻐 보였다. 심지어 삐뚤빼뚤 잘려나간 한쪽 머리카락조차 개구쟁이 소년처럼 귀여웠다. 나는 슈크림이 잔뜩 묻은 재이의 입을 닦아주었고, 한사코 제가 들고 가겠다고 우기다가 도로에 수박을 떨어뜨려 반으로 쪼개버린 것에도 너그러웠다. 그런 재이의 모습에 화가 나지도 불안하지도 않았다. 뿐만 아니라, 오랫동안 무언가에 억눌려 안으로 구부러지고 있던 등을 곧추세우듯 뜻밖의 용기와 자신감까지 생겨났던 것이다.

48시간이 아니라 72시간, 96시간…… 그보다 더 긴 시간이었다면 나와 재이는 언제까지나 평화롭고 즐거운 시간을 보낼 수 있었을까.

뭐 구속이 된 것도 아니고 감옥에 간 것도 아닌데, 끌려가서 고문을 당하는 시절도 아닌데, 더구나 그 48시간은 한동안 남편의 술자리 이야깃거리를 풍성하게 해줄 텐데.

"아빠가 돌아오면 두부를 사주자!"

나는 재이에게 명랑한 목소리로 말했다.


이틀 후, 법정구금시한이 종료되었다. 고요하게 정지되어 있었던 시간이 다시 빠르게 흐르는 것같이, 재이와의 평화롭던 시간도 언제 그랬냐는 듯 물러나고 있었다. 그때쯤 재이는 또다시 부주의한 사고를 저질렀다, 뚱보네 미용실에서. 남편은 여전히 감감무소식이었다. 그럼 그렇지! 나는 남편의 소식을 알 만한 곳에 전화를 걸어 연행된 사람들에 대해서 물었다. 전화를 받은 사람은 남편 또래의 남자였다. 남자는 남편의 이름을 알려달라고 했다.

"홍……" 남편의 이름을 입 밖에 내자 마치 외국인에게 그들의 언어로 말을 걸 때처럼 낯설고 어색했다. "아, 홍 위원장님이요?" 남자는 매우 친근하게 남편을, 공장에 운명을 내맡긴 비정규직 노동자가 아니라 48시간 전에 체포된 '노동운동가'의 이름을 불렀다. 법정시한이 지났으니 조서가 꾸며졌을 것이고, 특별한 일이 없는 한 풀려났을 거라고 남자가 말했다.

"예상대로 나왔어."

그 후로도 열세 시간이나 더 지난 새벽 무렵에야 남편은 집으로 돌아왔다. 그는 마치 멀고 고단한 여행이라도 다녀온 사람처럼 말없이 양말을 벗고 샤워를 하고 소파에 걸터앉았다. 전날 밤 밤새 술자리라도 갖고 온 것임에 분명한, 필시 어떤 무용담과 함께, 초췌한 모습이었다.

나는 오직 이 이야기를 하기 위해 지난 48시간의 평화를 누리고 있었다는 듯, 며칠 전 식당에서 있었던 재이의 말도 안 되는 짓에 대해서 늘어놓았다. 그 증거로 학교에 갈 준비를 하고 있는 재이를 불러다가 볼품없이 잘려나간 머리카락을 보여주었다. 재이는 신경질적으로 머리카락을 헝클며 현관문을 쾅 닫고 나가버렸다. 남편은 별다른 동요도 없이, 별일도 아니라는 듯 티브이를 켰다. 나는 리모컨을 빼앗아 전원을 끄고 그간 있었던 재이의 부주의한 행동에 대해, 그리고 재이가 그린 이상한 그림들에 대해 남편에게 쏟아냈다.

미용실에서는 또 무슨 짓을 한 줄 알아? 그 뚱보 여자아이네 미용실 말이야. 그 애가 다 식어빠진 치킨을 계속해서 씹어대다가 우웩, 하고 토하기까지 하는 거야. 그래서 그 애 엄마, 그 미용사가 말이야, 신경이 곤두서서 그 애 목구멍에 손가락을 넣어 치킨을 빼내고 있는데, 그새 재이가 매니큐어 뚜껑을 다 열더니 바닥에 몽땅 쏟아버린 거야. 그때 미용사 얼굴이 어땠는지 알아? 그래서 저 끔찍한 머리카락을…… 아직도 못 자르고 있잖아. 내가 그럴 줄 알았는데, 지금도 저기 도로에, 그 있잖아, 개구리가 많이 우는 풀숲 근처, 아직도 수박이 도로에 말라비틀어져 있는데, 멀리서 보면 피 같잖

아. 아, 그럼…… 나는 책상 서랍을 뒤져 재이가 그린 그 이상한 그림들을 남편에게 내밀었다. 봐, 보라고! 손도 없고 발도 없고 눈도 하나뿐이야, 나무에는 뿌리가 없어, 집에는 창문도 출입구도 없어, 아, 해, 태양 말이야, 저 구석에 사분의 일? 아니 팔분의 일? 아무튼 겨우 보이잖아, 내가 그건 알아, 태양 말이야, 그거, 아버지를 상징한대, 그러니까 아버지가, 당신이 겨우 저렇게 불안하게 걸쳐 있다는 거잖아, 뭐라고 말 좀 해봐!

남편은 여전히 묵묵부답이었지만 전처럼 무표정하지는 않았다. 고개를 숙이고 있었으나 무관심한 침묵과는 달랐다. 어쩌면 그날 식당에서 내가 재이를 바라볼 때의 눈빛, 고개를 돌려 나를 바라보던 앤의 엄마와 같은 표정을 하고 있을지도 몰랐다. 경멸에 찬.

"병원에 가봐야겠어." 내가 말하자,

"누구? 당신 말이야?" 남편이 물었다.

재이의 나이보다 다섯 살쯤, 아니 그보다 한두 살 더 많았을까. 엄마가 목숨을 끊고 나서 아버지는 친척들의 도움으로 정신병원에 입원을 했고, 그곳에서 알코올중독 판정을 받았다. 나의 불행과 끝내 한 사람을 죽게 했던 일이 '알코올' 때문이라는 것이었다. 그것으로 그때까지의 모든 불행이 사라질 수 있는 것은 아니었지만 나는 차라리 안도했다. 병이라지 않는가. 그래도 이유는 있었던 것이 아닌가. 하지만 병원에서 나온 후에도 아버지는 발작적으로 술을 마시다가 느닷없이 죽어버렸다. 좀더 일찍 원인을 찾았더라면 우리의 운명은 달라졌을까.

"아니, 재이……"

"꼭 그래야겠어?"

남편은 이해할 수 없다는 표정이었다.

"그 일은 당신이 알아서 해줘."

"알았어." "알았다는 표정이 아니야." "알았다고 했잖아." "그렇게 말해놓고 그걸로 끝이겠지, 못 믿어." "믿게 해줄게." "어떻게?"

"……"

짧은 말다툼의 끝은 예의 남편의 침묵으로 이어졌다. 내가 무언가, 더 말하지 못한 '그것'에 대해 말하려 하자, 남편은 소파에서 벌떡 일어나 벗어놓은 외투를 들고 현관 쪽으로 걸어갔다. 나는 남편을 뒤쫓아 나가 앞을 가로막았다. 알 수 없는 적의가 가득 차올랐다. 남편은 내 어깨를 밀어내고 서둘러 밖으로 사라져버렸다. 나는 남편과 재이가 모두 나가버린 집에서 방문을 걸어 잠그고 불안과 분노와 원망과 알 수 없는 자괴감으로 울기 시작했다.

새벽 4시 무렵에 닭이 우는 소리가 들렸고, 남편은 그때까지 돌아오지 않았다. 하늘이 멀리서부터 푸르스름하게 밝아왔다. 재이는 한쪽 다리를 침대 아래로 늘어뜨리고 아기 때부터 둘둘 말고 자던 담요를 품에 안고 깊이 잠들어 있었다. 잘려나간 머리카락이 재이가 그린 그림 속 소녀들의 몸처럼 불길해 보였다.

"왜 손발을 그리지 않는 거야?" 낮에 재이에게 물었을 때 재이는, "그게 없으면 힘들지 않을 테니까, 실수도 안 할 테니까……" 더듬거리며 말했다.

저기, 공장, 방글라데시 사람이라는데, 앤과 내가 어릴 때 들었어. 숲에서 놀 때. 그거, 기계에 손이 들어가서, 손가락이 네 개나, 그게 실수였나? 그래서 자기 나라로 쫓겨날까 봐, 그 방글라데시가 목을…… 손이 없었으면…… 재이가 두려운 목소리로 더듬거리며 내게 해준 이야기는 몇 년 전에 있었던 폐자재 공장의 방글라데시 노동자 '아불'의 일이었다.

남편의 삶을 바꾸고 재이의 그림 속 소녀들의 손목을 잘라간 그 아불의 죽음.

나는 침대로 올라가서 재이의 등을 안고 누워 길쭉한 팔과 다리와 손과 발을 만져보았다. 손가락 발가락 다 있어? 갓 낳은 아기를 안고 들어온 남편의 품에서 최초로 만져보았던 손가락과 발가락. 재이의 손가락과 발가락은 다 있다. 그것도 아주 예쁘고 건강하게.

재이의 등을 안고 잠든 새벽, 나는 고통스러운 꿈을 꾸었다. 몸집이 큰 짐승이 작고 연약한 동물의 팔을 물어뜯었다. 팔다리가 없는 재이가 한 번도 본 적이 없는 슬픈 얼굴로 바닥에 떨어진 제 머리카락을 바라보고 있었다. 나는 남편이 보는 앞에서 그의 늙은 어머니를 모욕했다. 당신이 낳은 무능하고 보잘것없는 아들을 데려가라고. 그의 어머니는 주저앉아 슬피 울었다. 남편은 거대한 장벽 뒤에 서서 나에게 한쪽 팔을 내밀었다. 나는 남편의 손을 잡고 장벽 저편으로 넘어가려고 안간힘을 썼지만 매번 벽에서 미끄러져 바닥으로 떨어져 내렸다.

어머니, 어머니.
모든 사람이 우리가 틀렸다고 생각해요.
단지 우리의 머리가 좀 길다고.
오, 무슨 일이 일어나고 있는지……*

꿈이었던가, 꿈이었겠지.
식당 뒤 오솔길에서, 성당에서, 한 무리의 노동자들이 낮고 쓸쓸한 노래를 부르며 희뿌옇게 밝아오는 골목길을 걸어오고 있었다.

"예약하고 왔어. 재이가 돌아오면 같이 병원에 가자."
정오가 지나서야 돌아온 남편은 양말을 벗고 창가에 앉아

---

* 미국의 소울 가수 마빈 게이가 부른 노래 'What's going on?'의 가사 중 일부 차용.

면도날로 발의 굳은살을 도려내기 시작했다. '베란다에는 물고기가 사나요? 랩터의 발톱 같아……' 어느 찬란했던 겨울의 목소리가 환청처럼 들려오는 듯했다. 나무껍질처럼 딱딱한 굳은살이 남편의 발바닥 앞뒤를 감싸고 있었다. 날카로운 면도날이 발바닥을 스치고 지나갈 때마다 가슴이 뭉클 아파왔다.

"병원에 가보지그래?" 내가 인상을 찌푸리며 말하자, "굳은살을 도려내려면 발의 절반을 잘라내야 할 거래." 떨어져 나온 죽은 살들을 주워 모으며 남편이 대답했다.

"그래봤자 또 생길 텐데 뭘…… 그냥 살아보라고 하더라, 의사가. 하긴, 발을 도려낼 수도 없고."

학교에서 돌아온 재이는, 숲에서 놀까? 그림을 그릴까? 혼잣말을 하며 방으로 들어갔다. 남편은 재이를 불러내어 우리가 병원에 가야 하는 이유에 대해 침착하게 설명했다.

"내 마음을 어떻게 알아, 의사가, 신도 아니면서!"

재이가 고집스럽게 말했다.

"그렇지, 네 마음은 네가 알아. 그런데 마음이란 게 숨어 있어서 잘 보지 못할 때도 있어. 엄마도 아빠도 재이도 의사도!"

남편이 예약한 신경정신과 병원은 공교롭게도 재이를 낳던 산부인과가 있는 빌딩의 12층이었다. 아기 재이를 안고 병원에서 나오던 날엔 첫눈이 내리고 있었다.

행복했나, 첫눈만큼이나.

엘리베이터 앞에는 남편과 재이와 나, 그리고 머리를 삭발한 반바지 차림의 낯선 남자뿐이었다. 아직 반바지를 입기에는 이른 계절이었지만 남자는 얼굴이 벌겋게 달아올라 땀까지 닦아내고 있었다. 7층에 멈춰 있던 엘리베이터가 내려오기 시작했다. 어쩐지 불길한 마음이 들었다. 다음번에 타자고 눈짓을 보냈지만, 남편은 알아채지 못했다. 엘리베이터가 1층에 멈추고 문이 열리자, 남편은 망설임 없이 성큼 올라탔다. 나도 마지못해 재이의 손을 잡고 뒤쫓아 탔다. 반바지 남자도 뒤따라 들어왔다. 나는 재이의 손을 잡고 남편의 오른쪽 벽에 바싹 붙어 섰다. 남편은 등을 돌리고 엘리베이터 문 앞에 서 있었다. 반바지 남자는 남편의 왼쪽, 나와 재이의 맞은편 길쪽으로 난 유리창 옆에 서서 무심한 척 창밖을 바라보고 있었다. 나는 알 수 없는 공포로 가슴이 두근거렸다. 남자의 손에 길고 뾰족한 송곳이 들려 있는 것이 그때서야 눈에 들어왔다. 남자와 눈이 마주쳤다. 나는 재이의 손을 힘껏 움켜쥐었다. 나와 눈이 마주친 남자는 송곳으로 벽과 유리창을 드르륵 드르륵 긁기 시작했다. 남편은 여전히 아무것도 눈치채지 못한 듯 정면만 바라보고 있었다. 엘리베이터가 6층을 지나갔다. 재이를 낳았던 산부인과가 있는 곳이었다. 재이는 4킬로의 건강한 아기였다. '재이(在以)'. 아기의 이름이야. '존재함으로써 기쁨'이지. 아기의 이름을 짓고 눈부시게 웃던 남편의 모습을 떠올리고 있을 때, 반바지 남자가 송곳을 반 바퀴

쯤 휙 돌리더니 내 앞으로 쑥 내밀었다. 나는 긴장과 두려움
으로 거의 쓰러질 지경이었으나, 재이와 남편은 각자의 생각
에 잠긴 듯 무심했다. "의사가 내 마음을 어떻게 알아……"
재이가 같은 말을 반복했다. 남자는 나를 희롱이라도 하듯,
창밖의 건물 아래쪽을 내려다보며 혼잣말을 했다. "시발, 무
섭네……" 그때서야 남편은 뒤를 힐끔 돌아보았지만, 곧 아
무 일도 아니라는 듯 고개를 돌렸다. 남자의 눈동자가 불안하
게 흔들렸다. 송곳을 세워 우리 중 누군가를 찌를 것만 같았
다. 누굴 찌르려는 걸까. 남자와 우리 셋은 팔을 뻗으면 서로
닿을 거리에 있었다. 길고 날카로운 송곳이 나의 뱃속에 깊이
박히거나 남편의 등에 꽂히는 장면을 상상했다. 혹, 재이의
가늘고 길쭉한 팔이나 다리를 노리고 있을지도 몰랐다. 나는
재이를 등 뒤로 밀어내며 앞으로 한 걸음 나아갔다. 남자와의
거리가 조금 더 가까워졌다. 재이는 왜 그러냐는 듯 신경질적
으로 몸을 비틀었다. 엘리베이터가 10층, 11층…… 마침내
12층에 멈췄다. 땡, 하는 소리와 함께 엘리베이터 문이 열렸
다. 송곳이 우리 중 누군가의 몸에 푹 박힐지도 모르는 순간
이었다. 그가 움직이기 전에, 나는 양팔을 활짝 벌려 재이와
남편을 감싸며 비명을 질렀다. 남자는 몸을 앞으로 숙이더니
나를 밀쳐내고 밖으로 뛰어나갔다. 팔에 뾰족한 송곳 끝이 스
쳤다. 나는 팔을 감싸고 주저앉았다. 그때서야 남편이 뒤돌아
섰다. 놀란 재이의 얼굴이 보였다. 반바지 남자는 어느덧 복

도 모퉁이를 돌아 사라져버렸고, 엘리베이터 문이 닫히고 있었다.

송곳이 스쳐 지나간 팔뚝에 보일 듯 말 듯 희미한 흔적이 남아 있을 뿐이었지만, 마치 날카로운 칼날이 내 몸 어딘가를 깊숙하게 찌른 것처럼 가슴이 아파왔다.

나를 위협하는 것은 무엇일까. 남편인가 재이인가. 지친 이웃인가. 공장인가. 낯선 남자는 정말 우리 중 누군가를 찌르려고 했던 것일까. 재이와 남편은 왜 남자의 위협을 알아채지 못한 걸까. 의사는 재이의 마음에 대해, 그 아이에 대해 말할 수 있을까. 나의 딸 재이(在以), 존재함으로써 기쁨인가.

"내려요, 엄마!"

재이가 '열림' 버튼을 누르며 재촉한다.

엘리베이터는 12층에 그대로 멈춰 있다.

운명이란 것이 마침내 나의 손안에 있다면 이제 무엇을 해야 할까.

나는 재이의 손을 잡고 일어나 엘리베이터의 1층 버튼을 눌렀다.

"괜찮겠어?"

남편이 물었다.

'괜찮겠어?'

4년 전, 나도 남편에게 물었었다. 정말 괜찮겠느냐고. 아불이 죽은 폐자재 공장에서 노동조합을 만들어 해고된 남편은 농성 천막을 걷고 회사와 합의했다. 회사는 공장 문을 부순 것에 대한 손해배상청구소송을 취하하는 것으로, 남편과 해고자들은 노동조합을 접고 공장을 떠나는 것으로.

그때 남편은 대답 대신 오래도록 흐느꼈고, 그 후 3년 동안 스스로 공장의 노예가 되었다.

우리는…… 괜찮을까.

"참, 엄마, 오늘 앤이 또 교장한테 불려갔대요. 이번에는 마일드 세븐이래. 치킨집 옥상에서!"

엘리베이터가 6층을 지나 1층에서 문이 열리자 재이가 내 귓가에 속삭인다.

어느 늦은 밤 골목에서, 꿈속에서, 노래를 부르며 지나가던 큰 눈망울의 외국인 노동자들의 행렬과, 필리핀인가, 베트남이었나, 동남아에서 온 여자 앤의 엄마와 그녀의 딸 앤의 검은 얼굴이 떠오른다. 집으로 돌아가면 길 건너 식당에서 재이와 함께 냉면을 먹고, 재이가 다시 냉면을 먹을 수 있을지 모르겠지만, 그들 중 누구든 밤꽃 냄새 가득한 밤길을 함께 걸으며 어떤 이야기라도 나누고 싶다고, 나는 생각했다. 비록 우리들이 그런 사이는 아니지만.

# 카티클란
## —온 마을이 빛으로 연결된

필리핀은 태풍을 맞고 있었다. 크리스마스 즈음, 윤철과 윤철의 어린 딸 나리와 나와 딸 주연과 태훈이 함께 간 여행이었다. 공항에 내려서 우리는 입고 있던 겨울옷을 여름옷으로 바꿔 입었다. 덥고 습한 저녁이었다. 현지 여행사의 픽업-센딩 서비스 직원이 윤철의 이름이 적힌 푯말을 들고 공항 밖에 서 있었다. 그는, 필리핀 남쪽 해안에 태풍 '녹텐'이 상륙했고, 모든 배가 항구에 정박해 있다고 '공용어'인 영어로 설명했다.

1898년 미국-스페인 전쟁에서 패한 스페인이 식민지였던 필리핀을 미국에 양도하여, 영어는 그들의 두번째 언어가 되었다.

우리는 달러를 페소로 환전하고 '카티클란'의 항구로 떠났다. 그곳에서 배를 타고 섬으로 갈 예정이었다. 픽업 서비스 승합차가 들판과 산속을 오래 달렸다. 라디오에서 태풍의 진로를 예고하는 방송이 흘러나왔다. 태풍이 뒤따라오고 있었다. 여행사 직원의 말에 따르면 그날 밤 우리는 섬에 들어갈 수 없을지도 몰랐다. 항구로 가는 길은 어둠이 빨리 내렸고 불빛은 보이지 않았다. 승합차가 산허리를 돌아 마을로 내려갔을 때 나리가 무언가를 발견했다.

"저것 좀 봐!"

나리가 눈을 반짝이며 손짓을 했다. 주연이 창밖으로 고개를 돌렸다. 태훈도 밖을 내다보았다. 태훈과 두 아이가 탄성을 질렀다. 조수석에 앉아 있던 윤철이 뒤를 돌아보며 웃었다. 룸미러 안에서 크고 선한 눈동자 두 개가 우리를 바라보았다. 창밖 어둠 속에 노랗고 붉고 푸른, 작고 동그란 불빛들이 가득 떠 있었다. 집집마다 창문과 나무와 현관 앞에 매달아놓은 색색의 크리스마스 전구와 등불이었다.

온 마을이 빛으로 연결된 한 집 같았다.


카티클란의 항구는 마을의 북쪽 끝에 있었다. 항구 주변은 어디를 둘러봐도 어두웠다. 검푸른 어둠과 잎이 크고 무성한 아열대 나무들에 가려져 바다의 방향과 위치를 짐작할 수 없었다. 비릿한 바다 냄새 대신 흙냄새가 났고, 검고 황량한 길 끝에서 무언가 움직일 때마다 흙바람이 일었다. '녹텐'의 영

향권에 아직은 들지 않은 것인지 비도 내리지 않고 바람도 거세지 않고 기온은 적당했다. 태풍이 가까워지고 있다는 것이 느껴지지 않았지만, 섬으로 들어가는 배는 뜨지 않았고 섬으로 간 사람들은 나오지 못했다.

우리가 갈 곳은 에메랄드빛 바다에 떠 있는 산호섬이었다. 윤철의 말에 의하면, 산호가 파도와 바람에 부서져서 만들어진 백색 해변이 섬을 둘러싸고 있을 것이었다.

카티클란 선착장에서 섬까지는 필리핀 전통 배 '방카'로 십여 분 거리였다.

여행객들은 대합실 안이나 바깥 도로변을 서성이며 배가 뜨기를 기다렸다. 도로는 오토바이의 동력으로 움직이는 트라이시클이 양방향으로 겨우 지나다니는 흙길 한 줄이 다였다. 검은 개들이 어슬렁거리다가 길 위에 엎드렸다. 우리는 자정까지만 그곳에서 배가 뜨기를 기다리기로 했다. 그사이, 섬까지 안내해줄 또 다른 직원이 주변에 묵을 만한 숙소가 있는지 알아보겠다며 선착장을 떠났다.

그는 작은 키에 성실한 눈빛을 가진 사람이었다.

이름은 '막탄'이었다.

"막탄이에요."

그가 한국어로 말했다.

대합실 안은 한국인, 일본인, 중국인, 서양인, 그리고 필리핀 여행객들로 마땅히 앉을 곳도 없이 붐볐다. 필리핀은 16세기, 필리핀 섬을 침략하고 통치한 스페인의 왕 펠리페 2세를 기리는 '필리피나스'에서 시작된 이름이었다. 필리핀에 최초로 도착한 마젤란은 막탄 섬 라푸라푸 부족장과 그 부족과의 전투에서 죽었다. 스페인은 16세기부터 19세기까지 필리핀을 지배했다.

'막탄', 그의 이름과 어둠의 빛깔을 닮은 모습이 그 세기를 떠올려주었다.

기다림에 지친 여행객들이 터미널 바닥에 자리를 깔고 누웠다. 앉은 채로 무릎에 얼굴을 파묻고 잠든 사람도 있었다. 막탄이 숙소를 알아보러 밖으로 나가자, 윤철이 트렁크 가방에서 겨울 파카를 꺼내 바닥에 깔았고, 나리가 그 위로 폴짝 뛰어들었다. 화단 턱에 걸터앉아 어디론가 전화를 걸고 있는 태훈의 모습이 대합실 유리창 너머로 보였다. 나와 주연은 한 서양인과 그의 딸인 듯한 금발의 아이가 일어난 의자에 가까스로 자리를 잡았다. 주연은 내 어깨에 머리를 기대고 비스듬히 앉아 나리를 바라보았다. 주연의 무게가 어깨에 실려 왔다. 주연은 열일곱 살부터 살이 쪄서 열아홉 살이 된 후에는 뱃살과 다리 살이 틀 정도가 되었다. 윤철이 나리의 배를 토닥토닥 두드려주었다. 아이들이 어디서든 잠들 수 있는 것은 곁에 아버지가 있기 때문일 것 같았다. 주연의 아버지도 어린 주연을 그렇게 재웠다. 바닥에 옷을 깔아주고 배를 토닥토닥 해주는 사람이 다 아버지일 수는 없지만, 반드시 아버지라고 느낄 만한, 아버지에게서만 나올 수 있는 아이에 대한 이기적이고 완강한 태도가 윤철에게서 느껴졌다. 그런 아버지를 갖게 해준 적이 없었던 사람처럼 나는 주연의 눈치를 살폈다. 주연은 의자에서 일어나 크리스마스트리가 있는 곳으로 갔다. 천조각과 빈 생수병으로 장식한 크리스마스트리는 천장까지 닿아 있었다. 주연은 무심하고 몽롱한 표정으로 트리 주변을 빙글빙글 돌았다. 공항에서 갈아입은 세일러 칼라 원피스는 너무 낡고 작아져서, 그것을 입는 것은 이 여행이 마지막일 것 같았다.

주연이 의자로 돌아와 화장품 케이스를 들고 화장실로 간 사이, 나는 대합실 밖을 둘러보았다. 윤철은 나리 곁을 떠나지 않았다. 잎사귀가 넓은 열대식물과 넝쿨들, 보라색 샤프란 꽃이 뿜어내는 촉촉하고 시원한 향기가 공기 중에 가득했다. 밤이 깊어질수록 대기는 더 축축해졌다. 배를 기다리지 못하고 숙소를 찾아가는 사람들이 밖으로 몰려나왔다. 그들을 실은 트라이시클이 먼지를 일으키며 흙길을 내달렸고, 어디선가 더 많은 개들이 길거리로 나와 어슬렁거렸다. 길 건너편, 커피와 간단한 음식이나 기념품을 파는 작은 가게들은 문을 닫았지만, 지붕 아래 걸쳐놓은 크리스마스 전구는 꺼지지 않고 희미하게 빛을 냈다. 불 꺼진 상점들 뒤쪽에 편의점 하나가 불빛을 환하게 밝히고 있었다.

나는 화단으로 가서 태훈의 곁에 걸터앉았다.

"개가 걱정돼서요."

"개?"

태훈은 초조한 듯 손에 쥐고 있는 휴대폰을 흔들었다. 겨울에서 여름으로, 바다를 건너 먼 곳까지 함께 왔지만 태훈에 대해서는 아는 것이 별로 없었다. 우리는 이전 정부에 의해 해산된 정당의 당원이었고, 광화문 촛불집회에서 만났다. 정당을 해산한 정부는 탄핵되었다. 정부 수립 후 최초의 일이었다. 필리핀의 대통령도 부정과 부패로 탄핵 당한 적이 있었다. 가난하고 소외된 사람들의 대변인이 되겠다던 사람이었다. 촛불집회가 끝나고 윤철과 태훈이 여행 이야기를 하고 있을 때 내가 끼어들었다. 두 사람의 이야기를 엿들으며 주연을 생각했다. 아름다운 것, 주연이 보지 못했던 세상, 시간, 사람, 그것이 무엇이든 그때까지와는 다른 것을 보여주고 싶었고, 서울은 눈과 한파에 꽁꽁 얼어 있었기 때문에 나는 따뜻한 나라로 가고 싶었다.

떠나오기 전에 태훈은 동물병원에 개를 맡겼다고 했다.

여행을 하는 동안 친구가 데려가서 돌봐주기로 했는데 연락이 닿지 않는다고.

개를 키우게 된 것은 어머니 때문이었는데, 치매가 온 어머니를 요양원에 모시자는 형제들을 말리며 늦은 나이까지 결혼하지 않은 막내 태훈이 어머니와 함께 살았다고. 낮에 혼자 지낼 어머니를 위해 생전 처음 개를 키웠지만, 태훈의 생각과는 달리 어머니는 낮 동안 개를 피해 방에만 있다가 밤이 되면 개가 다가오지 못하도록 태훈을 졸졸 따라다니더라고.

"개는 개대로 외로워서 날뛰고요. 얼마 전부터 엄마가 혼자서 얘기를 해요. 누구랑 얘기를 하냐고 물으면 내 삼촌이래요. 내게 삼촌이 어디 있느냐고 하면 또 모르는 사람이라고, 모르는 사람에게 왜 화를 내느냐고 물으면 억울해서 그런대요."

자신의 기억 속의 엄마는 개를 좋아했다고.

태훈이 개와 어머니 이야기를 했다.

태훈은 어머니를 요양원에 모시고 개를 동물병원에 맡기고 자신은 여행을 왔다.

"나 해외여행 처음이에요."

먼 곳에 시선을 두고 말하는 것은 태훈 자신도 모르는 습관일 거라고 나는 생각했다.

"맥주를 마실까요?"

"맥주?"

눅눅한 대기에서 태풍의 기운이 느껴졌다.

태훈이 화단에서 일어나 바지를 툭툭 털고 편의점 쪽으로 길을 건넜다. 뜨끈한 바람이 나무를 흔들며 빠른 속도로 지나갔다. 화장실에 갔던 주연이 밖으로 나와 길가를 두리번거렸다. 내가 손을 흔들자, 주연이 폴짝거리며 뛰어왔다. 주연의 마음이나 그 모습을 바라보는 내 마음에서는 '폴짝'이었겠지만, 실제는 '쿵쿵'에 가까웠다. 주연은 자신의 몸이 어떻게 움직이는지 알 수 없을 것이고, 나는 보이는 것보다 기억하는 것을 더 믿었다.

주연의 입술이 진한 주황색 립스틱으로 물들어 있었다. 열네 살이 되면서부터 화장을 시작한 아이는 농도를 절제할 줄 몰랐다. 태훈이 편의점에서 사 온 필리핀 맥주를 주연과 나에게 건넸다.

"산 미구엘 맥주야."

태훈이 주연에게 말했다.

"아하!"

주연이 과장된 탄성으로 반응했다. '산 미겔'은 식민지 시절에 필리핀에 세워진 동남아 최초의 맥주 양조장이었다. 스페인어로 '성 미카엘'이다. 천상의 군대 지휘관, 대천사 성 미카엘은 정의를 위해 악을 물리친, 중세 기사들의 수호신이었다. 성 미카엘, 산 미겔은 필리핀의 대표 맥주였다.

맥주에서 향긋한 과일향이 났다.

주연이 화단 반대편으로 몸을 돌리고 앉아 맥주를 한 모금 삼켰다. 주연의 얼굴을 장난스럽게 내 쪽으로 돌려보지만 이내 반대쪽으로 고개가 돌아갔다. 주황색 입술에 하얀 거품이 묻어 있었다. 열아홉 살이 되었는데도 주연은 나와 눈을 마주치며 맥주를 마시지 못했다. 나도 주연 앞에서 담배를 피우지 못했다. 주연이 열일곱 살이었을 때, 이따금 주연의 방에서 담배꽁초를 찾아냈다. 책상 서랍 속에도 있었고 옷장 위에도 있었다. 주연이 바르던 색깔의 립스틱이 묻어 있었다. 담배를 피우는 것이든 그 흔적이든 영리하게 감추지 못하는 주연이어서 나는 그 일을 내색하지 않았는데, 어느 날부터 꽁초가 보이지 않았다. 흔적이 없다는 것은 더 이상 하지 않는다는 뜻이었다. 나리만큼 어렸을 때부터 주연은 어디에나 흔적을 남겼으니까. 얼굴에는 늘 무언가 묻었고 그것을 들키지 않으려고 옷으로 문질렀는데, 그럴수록 더 번졌다. 화장을 시작하고 난 후부터는 나와 눈을 잘 마주치지 않았다. 주연으로서는 농도 짙은 화장으로라도 달라지고 싶었을 테지만, 내 눈에 비추어본 자신의 모습은 언제나 똑같거나 실제의 모습이 아니거나 실재하지 않는 모습이었을지도 모른다고 나는 뒤늦게 생각했다. 나는 보이는 것보다 기억하는 것을 더 믿는 편이었으니까.

주연과 나는 반대편을 바라보며 산 미겔을 몇 모금 더 마셨다. 어둠 속에서 트라이시클 한 대가 흙바람을 몰고 왔다. 입구를 막은 비닐 가림막을 걷고 막탄이 내렸다. 윤철이 알려준 여행 준비물에는 일회용 마스크가 포함되어 있었다. 아직 흙이 많은 나라이고 도로는 자연 상태에 가까워서 트라이시클이 내달릴 때마다 지독한 흙먼지가 일었다.

막탄이 대합실로 들어가자 윤철이 유리창에 바싹 붙어 안으로 들어오라는 손짓을 했다. 대합실로 들어갈 때마다 정복 차림을 한 직원이 몸수색을 했다. "도시락 폭탄이라도 있을까봐?" 태훈이 농담을 했다. 아침까지 배가 뜨지 않을 것이므로 알아보고 온 숙소로 가서 기다리는 것이 좋겠다는 막탄의 말을 윤철이 전했다. 자정까지는 시간이 더 남아 있었지만, 우리는 가져간 마스크를 꺼내 입과 코를 막고 선착장을 떠났다.

트라이시클을 타고 어둠 속을 십여 분쯤 달리는 동안, 마을과 들판과 숲이 희미하게 나타났다 사라졌다. 트라이시클 운전자들이 도로 위에서 서로 엇갈리며 큰 소리로 무언가 묻거나 손짓을 했다. 그들끼리는 그들만의 언어로 말했다.

카티클란의 숙소는 기역자형 2층 건물이었다. 한쪽은 붉은 벽돌과 단단한 화강석으로 지어졌고, 꺾어진 다른 한쪽은 오래된 낡은 목조 건물이었다. 그곳은 애초에 민가였을지도 모른다. 두 그루의 굵은 야자나무에 가려져 현관과 2층 창문의 불빛이 희미했다. 야자나무 아래쪽에는 큰 개가 묶여 있었다. 수풀이 우거진 쪽의 연못은 넓은 연꽃잎으로 뒤덮여 늪 같았다. 주연이 현관 앞 대리석 바닥 위로 올라갔다. 양철지붕으로 덮여 있는 바깥 홀에는 원형 나무탁자와 의자 몇 개가 흐린 조명을 받고 있었다.

막탄이 주인을 만나러 자주색 카펫이 깔린 목조계단 위로 올라간 사이, 우리는 마당을 서성이며 주위를 둘러보았다. 예정대로였다면 섬에 예약해둔, 윤철의 말에 따르면 해변과 섬이 한눈에 보이는 높은 언덕 위의 리조트에서 바다를 보고 있을 것이었다. 밤의 백색 산호해변을 걷고 있을지도 모른다.

"상해 임시정부의 여인숙 같지 않아?"

주연이 테이블 앞에 앉으며 말했다. 주변을 다시 둘러보니 그런 것도 같았다. 망명지를 본 적은 없었지만 주연이 그렇다니까. 그런 면에서 주연은 매우 재치 있는 아이였다. 어떤 특성을 직감하는 것. 주연은 한 번 본 사물이나 사람들의 고유한 것을 곧바로 알아내어 묘사하거나 흉내를 내곤 했는데, 그런 집중력이 일상생활에서는 힘을 잃었다.

"임시정부?"

"어? 그런 걸?"

태훈과 윤철이 주연의 말에 맞장구를 쳤다. 1941년 일본은 예고 없이 진주만을 공습한 후 필리핀 곳곳을 폭격했고, 이 듬해엔 마닐라를 완전히 점령해 2차 대전에서 패망할 때까지 통치했다. 그때 대한민국 임시정부는 연합군 소속으로 필리핀에 군대를 파견했다. 하나의 적과 싸운 적이 있었던 나라에서 망명정부의 그림자를 되살린 것은 역시 주연이었고, 우리는 모두 동의했다.

주연은 한때 유네스코 한국위원회에서 일하고 싶다고 했다. 그것이 주연의 꿈이었다.


"루손 섬에 긴 강이 있는데, 북쪽으로 흘러 마닐라를 지나 바다로 들어가는 강이래. 스페인이 식민통치를 하던 시절에 그 강으로 필리핀 사람들의 시체가 무수히 떠내려갔대. 슬픔과 고통의 강이지. 강변에 통나무로 감옥을 만들어서 침략에 저항하는 필리핀인들을 가두고 아사 직전까지 굶겼대. 가톨릭 선교사들을 앞세운 침략이었으니 사람을 직접 죽일 수는 없었을 테니까. 태풍이 와서 홍수가 나고 강이 넘치면 안에서 모두 익사하게 되는 거야. 그러면 감옥 문을 열어 죽은 사람들을 강으로 떠내려 보냈대. 필리핀 사람들의 시체가 매일 아침 강물에 둥둥 떠다녔대."

'임시정부'의 원형 테이블 앞에 앉아 어느 여행 블로그에서 읽은 파시그 강에 대한 이야기를 주연에게 들려주고 있을 때, 현관 목조계단 위에서 막탄의 모습이 보였다. 길고 검은 머리카락을 옆으로 땋아내린 자그마한 여자가 막탄과 함께 내려왔다. 막탄이 그녀에게 우리를 소개했다. 윤철이 여자와 이야기를 나누고 있는 동안, 막탄은 선착장으로 돌아가서 배가 뜨면 다시 오겠다며 기다리고 있던 트라이시클로 올랐다.

"안녕, 막탄."

나리가 작은 목소리로 수줍게 인사하며 윤철의 다리 뒤로 숨었다.

막탄이 희미한 불빛 속에서 하얗게 이를 드러내고 웃었다.

여자를 따라 들어간 내부는 밖에서 보던 것보다 한결 아늑

하고 정갈했다. 계단참을 지나 한 층 더 올라가자 동남아풍 원색의 카펫이 깔린 응접실이 나타났고, 나무 벽면을 채운 장식장 위에는 어느 부족의 원주민인 듯한 목각 인형과 전통 배 '방카'와 열대의 꽃잎을 만들어 붙인 머리핀 같은 공예품들이 진열되어 있었다. 화강암 벽면 복도를 따라 객실 문이 이어졌다. 주연과 나리가 공예품들 앞에 멈춰 서 있자, 여자가 꽃핀 두 개를 집어 아이들에게 건넸다. 주연에게는 하얀 꽃잎을, 나리에게는 노란 꽃잎을.

여자의 안내를 따라 나와 주연과 나리, 윤철과 태훈으로 두 개의 방에 나누어 들어갔다. 욕실과 침대 두 개와 옷장과 소파가 있는 작고 소박한 객실은 동남아의 것과 옛 서양의 것이 섞여, 벽에 에어컨이 달려 있지 않았더라면 18세기쯤의 방처럼 보였다. 바로크풍 곡선의 어두운 원목 가구는 필리핀에 남겨진 서구의 흔적 같았다.

주연이 샤워를 하고 나와 휴대폰에 숙소 와이파이 비밀번호를 입력하고 침대에 누웠다. 나는 나리를 데리고 욕실로 들어갔다. 주연의 흔적이 여기저기 널려 있었다. 나리의 옷을 벗기고 비누를 풀어 몸을 닦아주고 머리를 감겨 수건으로 말아주었다.

"언니 옆에서 자도 돼요?"

나리가 묻자, 주연이 옆으로 몸을 옮겨 자리를 만들어주었다. 나리가 침대 위로 폴짝 뛰어올랐다. 태어난 지 한 달 된

나리가 윤철의 집으로 왔을 때, 주연은 막 화장을 시작한 열
네 살이었다. 우리는 윤철에게로 온 아기를 보러 갔다. 한눈
에도 윤철과 너무나 닮은 여자 아기여서 의심할 수 없는 윤철
의 딸인 것만 같았다. 공개입양이었고, 언제일지는 모르지만
나리가 알게 될 거라고 했다. 나리가 자라는 동안, 주연은 불
쑥 나리에 대해 묻곤 했다. 나리가 자신의 정체성을 잃았을
때의 충격에 대해 묻는 것이었지만, 어쩐지 자신의 무엇에 대
해 말하는 것 같았다. 나리가 언제 어떻게 그것을 받아들이게
될지 짐작하는 것이 간단한 일은 아니어서, 그때마다 나는 나
리에 대한 윤철의 사랑을 확인시켜주었는데, 그것은 주연이
더 잘 알고 있었다. 주연은 나리와 함께 있는 윤철을 볼 때마
다 아버지가 없는 아이 같은 표정을 짓곤 했다. 그즈음, 주연
쪽에서든 주연의 아버지 쪽에서든 분리를 시도하고 있었다.
그것은 딸아이가 성장하며 겪는 당연한 과정이었지만, 때때
로 두 사람 모두 상실감을 내보였다. 아버지로서는 완전히 품
안에 있던 어린 딸아이에 대한 그리움이었으나, 주연 쪽에서
는 혐오감에 가까웠다. 어른에 대한 혐오 없이 아이는 성장할
수 없다는 듯 주연은 아버지에게서 멀어졌다.

윤철이 노크를 하고 방문을 열었다.

나리는 주연이 보고 있는 동영상을 힐끗대느라 침대에서
내려오지 않았다.

"한잔해야죠?"

윤철이 웃으며 말했고, 나도 고개를 끄덕였다.

두 아이를 방에 남겨두고 대리석이 깔린 바깥 홀로 내려가자, 윤철과 태훈이 테이블에 보드카와 산 미겔 맥주와 한국에서부터 가져온 견과류를 꺼내놓고 나를 기다리고 있었다. 보드카는 독하고 맑은 술을 마시고 싶다는 나를 위해 태훈이 인천공항에서 산 것이었다. 후덥지근한 공기를 품은 바람이 야자나무 잎과 풀들을 눕히며 자주 지나갔다. 태풍이 더 가까워지고 있나? 저 먹구름 좀 봐. 배는 뜰까? 설마 여기에 갇히는 건 아니겠지? 여기, 정말 임시정부 느낌인데? 우린 독립군이고? 어? 비가 오네……

서로 한마디씩 하며 보드카와 맥주를 마시고 있을 때 마침내 빗방울이 떨어졌다.

방에 있던 주연과 나리가 계단을 내려왔다. 아마도 주연이 그렇게 해준 듯, 나리의 몸이 커다란 목욕타월로 감싸여 있었다. 주연은 살이 찌기 전에 바닷가에 가서 입었던, 가슴 윗부분이 드러난 동남아 풍의 드레스를 입고 드러난 어깨에 수건을 두르고 있었다. 나리가 윤철의 무릎 위에 올라앉아 땅콩을 집어먹었다. 주연은 야자나무 앞에 쪼그리고 앉았다. 윤철이 주연을 불러 맥주를 건네주며, 나리도 주연만큼 자라서 함께 맥주를 마시면 좋겠다는 아버지들의 흔한 소망을 이야기했다. 그러나 주연은 아버지와 맥주를 마신 적이 없었다.

나리가 꾸벅거리며 졸다가 잠투정을 했다.

주연은 테이블에서 멀어져 어두운 연못가와 수풀 쪽을 배
회했다.

후드득 떨어지던 빗방울은 빗줄기로 변했고.

태풍 소식에 공항에서부터 당황하던 윤철의 낯빛이 어두워
졌다. 여행 준비를 하고 날짜를 결정할 때도 태풍에 대한 예보
는 없었다는 것이 윤철의 말이있다. 윤철의 잘못이 아니었지
만, 자정이 훨씬 지난 시간에 비가 내리기 시작하니 우리의 여
행이 점점 예측의 범위를 벗어나고 있는 것은 분명해 보였다.

"어이, 개나리! 들어가자!"

윤철은 아이를 재우고 다시 오겠다며 나리를 안고 방으로
올라갔다. 주연도 웅크리고 잠들어 있는 개를 물끄러미 바라
보다가 소리 없이 안으로 들어갔다. 태훈이 하늘을 올려다보
며, 곧 그칠 비는 아닌 것 같다고 혼잣말을 했다. 나는 태훈에
게 고향이 어디냐고 물었다. 태훈은 한 손으로 허리를 문지르
며 '마산'이라고 대답했다. 태훈의 몸에서 독한 파스 냄새가
났다. 건설노동조합에서 일하고 있는데, 한여름에 철근을 나
르다가 허리를 다쳐서 한동안 쉬고 있는 중이라고, 인천공항
흡연실에서 태훈이 말했다.

"피우실래요?"

아이들이 방으로 들어가자, 태훈이 참았던 담배를 빼 물며
나에게도 한 개비 내밀었다.

나는 담배를 받아 불을 붙였다.

"어떻게 그 일을 하게 됐어요? 운동권이었나?"

내가 묻자, 태훈이 소리를 내며 웃었다. 그러더니 나에게 정이를 아느냐고 물었다.


스물다섯 살 겨울에 나는 정이의 방에 얹혀살았다. 후배 덕이와 함께. 학생운동을 하며 6년을 학교에서 보낸 후였다. 덕이와 나는 우리보다 먼저 나간 정이처럼 공장에 들어가기로 했다. 정이는 화장품 공장에 다니다가 폐결핵에 걸려 휴직을 하고 어느 노동상담소의 허름한 사무실을 지키고 있었다. 덕이와 내가 일자리를 구하러 새벽에 '남쪽공단'으로 갈 때마다, 정이는 아궁이에 연탄을 갈아 넣고 들통을 들고 나가 어디선가 검붉은 선지피를 한 통씩 가져왔다. 추운 공단 길을 헤매다가 방으로 돌아가면, 정이는 배추와 선지피를 넣고 끓인 뜨거운 국을 한 그릇씩 떠주었다. 연탄을 아끼느라 언제나 불구멍을 막아놓아서 정이의 방은 입김이 나도록 추웠다. 겨울이 다 지날 무렵에 덕이는 '남쪽공단'에 있는 작은 제약회사에 다니게 되었지만, 나는 정이가 떠준 선짓국을 허벅지에 쏟아 화상을 입고 추운 정이의 방에서만 지냈다. 그날부터 정이는 선지피는 가져오지 않고 내 상처를 치료했다. 병원에서 감아준 거즈와 붕대를 벗겨내고 피와 고름이 엉겨 붙은 살을 소독하며 정이는 가끔 울었다. 공장에 다닐 수 없게 될까 봐. 다리에 흉터가 남으면 어떻게 하냐고. 저 살겠다고 선짓국을 끓이지 않았다면 그런 일은 없었을 거라고.

붉게 벗겨진 살이 조금씩 아물어 나는 목발을 짚고 움직일 수 있게 되었지만, 정이는 심한 고열을 앓다가 병원으로 실려 갔다. 폐 주변에 물과 고름이 가득 차 약으로도 선짓국으로도 회복할 수 없었다.

정이는 수술을 받고 오랫동안 병원에 있었다. 나는 허벅지에 깊고 넓은 흉터를 남기고 더 이상 공장을 알아보지 않았다. 폐의 절반이 망가진 정이도 화장품 공장으로 돌아가지 못했다. 제약회사에 들어간 덕이는 이듬해 여름에 공장 동료들과 함께 노동조합을 만드는 일에 참여해 '남쪽공단'에서 처음으로 노조를 만들었다. 정이는 그곳에서 노동상담소를 지켰지만, 나는 정이의 방을 떠나 집으로 돌아갔다.

"운동권 아니었어요. 아, 총학생회장은 했어요. 비운동권. 장학금을 준다기에……"

태훈이 웃었다. 고향 마산에서 올라와 놀이공원 총무과에 입사했을 땐 경력을 쌓아 여행사를 차리는 것이 태훈의 꿈이었다. 여행사를 차려 세상 구경을 실컷 하고 싶었다고. 그런데 이제야 바다를 건넜다고. 이제야 바다를 건넜는데 이렇게 비가 쏟아지고 임시정부 숙소에 갇혔다고. 태훈의 말대로 비는 '쏟아지고' 있었다.

"다 정이 누나 때문이에요."

"정이?"

"총무과의 특성상 현장에서 일하는 계약직 사람들과 가깝게 지내게 되죠. 그 있잖아요, 놀이기구를 운행하거나 공연을 하는 사람들, 식당이나 기념품 매장에서 일하는 사람들, 청소하시는 분들…… 현장에서 필요한 물품을 파악해서 회사의 결재를 받아 공급하거나 계약직 인사 문제를 처리하는 게 제 일이었어요. 계약직 6개월 후에는 정직원으로 발령을 하게 돼 있었거든요. 회사에서는 당연히 발령을 안 하죠. 현장 물품도 최대한 빠듯하게요. 저는 회사 편에 섰어요. 못 본 척했어요. 삼 년쯤 열심히 일했고 능력도 인정받았어요. 그런데 노동조합을 만들고 싶더라고요. 그게 있어야 할 것 같았어요. 나, 운동권 아니었다고 말했죠? 정이 누나가 아니었다면 그때 끝냈을 거예요. 누나가 곁에서 나를 보고 있었거든요. 난 신념 같은 거 없었어요."

'신념이 없어.'

정이의 방을 떠나며 나도 그렇게 생각했다. 정이처럼 덕이처럼, 대학생의 옷을 벗어버리고 새벽부터 밤까지 공장 안에 있을 자신이 없다는 것을, 그럴 만한 신념이 없다고, 회색 연기가 피어오르는 공단의 냄새를 맡으며 이력서를 들고 다니던 그 겨울에 이미 알아버렸을지도 몰랐다. 펄펄 끓는 선짓국을 스스로 허벅지에 쏟아버렸던 것은 아닐까. 그만큼 도망치고 싶었다고, 나는 생각했다.

"겨울이었어요. 놀이공원 청소는 입장객이 없을 때 해야 하않아요. 주로 새벽이나 폐장 후에요. 청소 일은 노인들이나 가벼운 장애를 가진 사람들을 뽑는데요, 입장객이 몰려들면 그때서야 쉴 수 있죠. 놀이공원 외진 곳에 설치한 컨테이너 안에서요. 난로 하나면 되는데, 그걸 안 해주는 거예요. 나이 드시고 몸 불편한 분들이 거기 모여서 하루 종일 떨고 있다가 폐장을 하면 또 나와서 청소를 하고 꽁꽁 얼어서 집으로 돌아가요. 못 견디겠더라고요. 그건 돈 문제가 아니었어요. 노동조합 준비…… 섭이랑 같이 했어요. 섭이는 대관람차를 운행했죠. 걔가 그걸 진짜 좋아했어요."

태훈은 생각보다 말을 잘 하는 사람이었고, 이따금 눈을 반짝이며 나와 눈을 마주치기도 했다.

태훈의 말에 의하면, 대관람차 섭이와 회전목마 윤과 영업직 직원 몇 명이 모여 노동조합 이야기를 시작했지만, 그건 어떻게 만드는 것인지, 무엇이 필요한 일인지 아는 것이 없었다. 누군가의 소개로 찾아간 곳은 바닥에 물이 고여 질퍽거리는 시장통의 허름한 이층 건물이었다. 이층으로 올라가는 계단참에 '노동자회'라는 나무 간판이 붙어 있었고, 안에는 작고 마른 여자가 난로에 연탄을 갈아 넣고 있었는데, 그 여자가 정이였다고, 태훈이 정이를 불러냈다.

'정이는 그때도 연탄을……'

나는 연탄불에 선짓국을 끓이던 스물다섯 살의 정이를 떠올렸다.

정이의 도움을 받아 노동조합을 만들 준비를 하고 있었지만, 회사 측에서 그들의 움직임을 눈치채고 태훈에게 권고사직을 통보했다. 부당해고였다. 함께하기로 한 직원들은 흩어지고 섭이 혼자 남았다. 태훈은 부당해고 신고를 하고 매일 아침 놀이공원 정문 앞에서 복직을 위해 싸웠고, 섭이는 회사 안에서 다시 노동조합을 만들어보기로 했지만, 남아 있는 섭이에 대한 회사의 압력은 말할 수 없이 가혹했다.

"어린 섭이가 나 대신……"

내내 담담하던 태훈이 말을 멈춘 것은 섭이 이야기를 할 때였다. 태훈은 순식간에 고여오른 눈물을 손등으로 쓱 닦았다.

태훈이 '튤립이 피었을 때'라고 말한, 봄이 무르익던 날 아침에 섭이에게서 연락이 왔다. 출근을 하는데 정이 누나가 놀이공원 유니폼을 입고 기념품 매장에 있더라고.

지쳐가는 태훈과 섭이를 위해 정이는 계약직 직원으로 입사해서 두 사람이 노동조합도 복직도 포기하고 끝내 놀이공원을 떠날 때까지 그들 곁에 있었다.

"그게 벌써 15년 전이네요."

태훈은 여행사를 차리지도 못했고, 그의 꿈이었던 세상 구경을 하지도 못했지만 정이 곁에 남아, 정이를 통해 노동법을 공부하고 토목과 철근 기술을 배워 일용직 노동자로 일했다. 그 후 건설노동조합을 만드는 일에 참여했다고.

"섭이는요? 섭이는 어떻게……"

나는 태훈을 울게 한 그 섭이가 궁금했다.

"섭이요? 섭이는…… 지금 타워크레인 지부 노조위원장이
에요."

"아……"

순간, 가슴이 뜨끈해지며 나도 모르게 탄성이 나왔다. 정이
생각이 났다. 정이 곁에 있는 사람이 나는 아니지만, 스물다
섯 살 정이와 덕이에게서 도망치듯 떠나온 것에 대한, 그 오
랜 미안함에 대한 보상을 받는 느낌이었다. 화상 때문에 생긴
흉터보다 더 깊게 남아 있던 정이에 대한 마음이 태훈과 섭이
를 통해 쓰다듬어지는 듯한, 그런.

"그런데……"

"그 정이 누나는 지금 감옥에 있고요."

정이는 정당이 해산될 무렵에 감옥에 갇혀 아직 나오지 못
했다.

"무슨 폭탄 투척 작전이라도? 분위기 좋은데요?"

윤철이 방에서 내려온 것도 알아채지 못하고 우리는 말없
이 남은 술을 마셨다. 윤철은 빗물이 떨어지는 양철지붕 앞에
바싹 다가서서 연못 쪽을 바라보았다. 우스갯소리를 하면서
도 윤철의 표정은 어두웠다. 어느새 꽤 많이 내린 비가 땅으
로 스며들지 못하고 마당에 차올랐고, 홀의 대리석 위로도 물
이 고여들고 있었다.

"개나리 녀석, 재워서 주연이 옆에 눕혔어요."

윤철이 김이 빠져버린 맥주를 한 모금 삼키며 말했다.

나리를 낳은 계절에 개나리가 피었다고.

윤철은 나리를 '낳았다'고 했다.

꽃이 너무 예뻐서 나리의 이름이 되었다고.

"나리에게는 '가슴으로' 낳았다고 말해줘요. 아직은 무슨 말인지 모르겠지만, 그 말을 이해할 때쯤, 나리 스스로 알게 되겠죠. 아무 일도 아닌 것처럼······ 그랬으면 좋겠는데······ 몸으로 낳아준 부모를 찾을 수도 있겠지만······ 그때까진 내가 이렇게 데리고 다니려고요. 이 기억이 너무 좋아서 그 불운에 조금은 관대해질 수 있게요."

아무래도 비는 그칠 것 같지 않았다.

태훈이 테이블 주위를 주섬주섬 정리했고, 윤철은 빈 술병을 쓰레기통에 버렸다.

"몇 시간이라도 눈 좀 붙이세요."

윤철이 하늘을 올려다보며 말했다.

"폭탄을 터뜨릴 장소는 우리만 아는 비밀이에요."

태훈도 싱거운 농담을 했다.

방 안에는 두 아이의 살냄새가 향긋하게 배어 있었다. 나는 침대에 걸터앉아 이마 위로 흘러내린 주연의 긴 머리카락을 뒤로 넘겨주고, 감긴 눈을 한참 동안 바라보았다. 주연이 눈을 마주치지 못한 건 나뿐만이 아니었다. 고등학교에 입학해서는 친구들과도 선생들과도 눈을 마주치지 않았다. 주연은 한 학기도 학교에 다니지 못했다. 주연에게 사람이나 사물의 고유한 특징을 곧바로 알아보는 예민함이 있다는 것, 그런 주연이라서, 내 표정, 내 눈빛에 얼마나 상처받고 있었는지 나는 뒤늦게야 알게 되었다. 주연이 실수를 할 때마다, 얼굴이나 옷을 더럽히는 사소한 실수에도 나는 관대하지 않았고, 그런 나를 마주보며 주연 자신도 스스로에게 관대할 수 없었을 것이다. 봄이 되면 주연은 대학에 가게 되고, 어쩔 수 없이 누군가의 눈을 마주해야 한다. 나리의 윤철처럼, 태훈의 정이처럼 주연에게도 있어야 했던 것. 아름다운 것, 주연이 보지 못했던 세상, 시간, 사람, 무엇이든 그때까지와는 다른 것을 보게 되기를 소망하지만, 그것을 보여줄 사람이 내가 아닌 것만은 분명하게 느껴졌다.

나는 잠든 주연의 불안했던 눈을 오래오래 만져주었다.


"저기 좀 봐요!"

나리가 눈을 반짝이며 손짓을 했다. 밤새 태풍이 마을을 벗어난 듯 날은 개었지만 사방은 온통 물바다였다. 자주색 카펫이 깔린 목조 계단을 내려가자 간밤에는 어둠 때문에 보이지 않았던 풍경이 펼쳐졌다. 울타리도 없는 마당 앞쪽으로 끝이 보이지 않는 외길이 이어졌고, 주변은 코코넛 나무로 가득했다. 길 가운데로 트라이시클 한 대가 고인 빗물을 가르며 달려오고 있었다. 막탄이 밖으로 고개를 내밀고 손을 흔들었다.

주연은 촘촘하게 땋은 머리에 하얀 꽃핀을 꽂았고, 윤철은 나리를 번쩍 들어 안았다.

태훈은 야자나무에 묶여 있는 개와 장난을 치고.

"안녕? 막탄."

트라이시클이 마당으로 들어서자, 나리가 작고 수줍은 목소리로 인사했다. 막탄이 하얗게 이를 보이며 웃었다. 간밤에 지나간 태풍으로 필리핀 전역에 홍수가 나고 도로가 잠기고 나무가 뽑히고 누군가 강물에 떠내려갔다는 막탄의 이야기를 윤철이 전해주었다. 나는 루손 섬 강변에 지었다는 통나무 감옥을 떠올린다. 폭우가 내리고 강이 넘치면 안에서 익사하고 마는. 그때서야 감옥 문을 열어 강으로 떠내려 보냈다는.

태풍 때문에 섬에 들어가지는 못했지만, 카티클란의 마을에서 불러온 이름과 기억들, 또 훗날을 위해 우리가 기억해야 할 것들을 생각하며 나는 잠시 마을 어귀에 떠 있던 불빛들과 등불을 떠올린다.

온 마을이 빛으로 연결된 한 집 같았던.

# 21세기 노동가족 생존기

김영찬(문학평론가·계명대 교수)

### 1

이수경의 첫 소설집 『자연사박물관』은 21세기 한국을 살아
가는 한 노동자 가족의 불안한 생존의 연대기다. 남편은 정규
직과 비정규직을 오가며 노조 설립과 파업, 해고와 투쟁, 재
취업을 반복하는 공장 노동자이자 노동운동가로 활동하고 있
고, 아내는 노동단체 상근자를 거쳐 비정규직 상담직원으로
일하며 생계를 꾸려간다. 어릴 적 대학 운동권 조직에서 만
나 "『러시아혁명사』니, 『제3세계 민중의 운명』이니, 『노동자
여 단결하라』 따위의 책들"(「고흐의 빛」)을 읽으며 노동자 혁
명을 꿈꿨던 이들은, 만난 지 10년 만에 결혼을 해 현장에 발
을 디뎠지만 거대한 현실의 장벽 앞에서 어쩌지 못하고 주저
앉아 있다. 노조를 만들고 파업을 하고 고소 고발을 당하기도

하면서 어떻게든 현실에 저항해보지만, 이들 부부에게 남아 있는 것은 고작 충직한 노예로서의 삶이고 막막한 생계의 불안이다. 현실의 삶은 나아질 희망도 없이 척박하고 미래는 보이지 않는다.

『자연사박물관』은 오랜 기간에 걸친 이들 부부의 고단한 삶의 사연들을 일곱 편의 단편에 촘촘히 그려놓았다.(마지막에 실린 단편 「카티클란—온 마을이 빛으로 연결된」은 앞의 단편들과 인물도 설정도 조금 이질적이지만, 전체적으로 화자의 시선과 목소리를 공유한다고 보아도 무방할 듯하다.) 이 소설집의 소설들은 각기 독립적인 단편이지만 모두 이 노동자 부부의 인생사와 사연이 초점화자를 바꿔 이곳저곳에서 변주되면서 하나의 사슬처럼 서로 연결되어 있다. 예컨대 「자연사박물관」에서 해고된 '그'—남편이 공장 굴뚝에 오르기 전 온 가족이 '자연사박물관'을 찾는 이야기는 「크라운 공장 노동자 가족」에서 5년 전에 있었던 일로 언급되고, '그'의 노조 설립과 해고, 투쟁에 얽힌 사연들도 여러 소설의 곳곳에서 반복적으로 등장하면서 이야기를 이끌어가는 단서로 작용한다. 뿐만 아니다. 「인생 이야기」에서는 시간을 거슬러 올라가 '나'—아내가 어릴 적에 겪은 아버지의 가정 폭력과 그 때문에 자살한 어머니의 사연이 소개되면서 이야기의 폭은 가난을 대물림한 노동자 가족의 연대기 차원으로 확장된다. 「노블카운티」에서는 더 나아가 어릴 적 집을 나간 엄마 때문에 상처를 안고 살아야 했던 아버지의 사연이 전사(前史)로 소개되는 한편으로 '나'/노동자 부부의 지난 사연이 그와 함께 교직된다. 그럼으로써 이 소설집은 말 그대로 삼대를 아우르는 노동자 가족의 연대기로 완성되는 셈이다.

그런 만큼 이 소설집은 다양한 내용의 결을 지니고 있다. 여기엔 대학 졸업 후 노동 현장에 투신한 운동권 학생의 후일담이 있고, 여전히 척박한 노동자의 현실을 개선하기 위해 싸우는 노동운동가의 투쟁이 있으며, 마음으로 남편을 지지하면서도 가족의 안위와 생존을 걱정하며 막막한 생계를 꾸려가야 하는 노동자 아내의 불안이 있다. 『자연사박물관』은 지금 한국 사회를 살아가는 노동자 가족의 척박한 현실과 흔들리는 불안을 비춰주는 노동가족 생존기다.


2

이렇게 소설집의 대강을 그려놓고 보면, 『자연사박물관』이 노동자 가족의 삶을 주제로 각각의 단편들이 서로 느슨하게 연결돼 있는 일종의 연작소설집임이 한눈에 드러난다. 그리고 한국문학사에서 우리는 이와 방불한 방식의 연작소설집을 일찍이 가진 적이 있다. 조세희의 『난장이가 쏘아올린 작은 공』(이하 『난쏘공』)이 바로 그것이다. 한 노동자 가족이 맞닥뜨린 노동의 현실과 생존의 싸움을 중심으로 연작의 사슬을 구축해가는 『자연사박물관』의 세계는, 큰 틀에서 보면 그 내

용과 형식의 조합에서 『난쏘공』을 연상시키는 바가 없지 않다. 물론 둘 사이에 놓인 무려 40여 년의 격차만큼 그 차이는 작지 않다. 그러나 이 소설집이 앞서 지적한 측면에서 가난한 노동자 가족의 고단한 삶과 싸움의 현실을 초점화자를 옮겨가는 연작 형식을 통해 다양한 각도에서 조망했던 『난쏘공』의 문학적 전통의 맥을 잇고 있다는 것만큼은 틀림없다.

이 소설집에서 그려지는 노동자 가족의 세계는 과연 『난쏘공』의 난쟁이 가족들이 살았던 세계의 21세기형 버전이라 할 만하다. 물론 세계는 진화했고 삶의 조건도 크게 변했다. 그럼에도 가난은 여전히 대물림되고 있고 공장 노동자가 떠안아야 하는 가혹함도 크게 달라지지 않았다. 폐자재 공장에서 일하던 외국인 노동자 아불은 분쇄기에 손이 분쇄되어 보상도 받지 못하고 해고된 후 분쇄기에 목을 매달았고(「고흐의 빛」), 그에 자극받아 노조를 만들고 파업을 감행한 공장 노동자들은 회사에서 고용한 용역업체 직원들의 폭력에 짓밟힌다. '그'-남편은 거액의 손해배상 청구와 함께 고소·고발까지 당한 채 해고되어 내몰린 끝에 공장 굴뚝을 오른다.(「고흐의 빛」, 「크라운 공장 노동자 가족」) "공장은 누구의 것인가"를 끊임없이 되물으면서도 충실한 "공장의 노예"(「재이(在以)」)로 살아가야 하는 삶, 승산 없는 싸움과 추락을 반복하면서 "삶이 너무 잔혹해"(「자연사박물관」)라고 탄식할 수밖에 없는 삶. 그래서 자기를 "어둠에 갇힌 생쥐"(「자연사박물관」)와

동일시하게 되는 삶. 그것이 『자연사박물관』의 노동자가 처한 참담한 현실이다. 그 아내는 또 어떤가. 엄마를 자살로 내몰았던 아버지가 죽음으로써 겨우 지옥을 벗어난 '나'-아내(「인생 이야기」)를 기다리고 있던 것은 지긋지긋한 가난과 생존에 대한 불안이라는 또 다른 지옥이었다. 종내 그녀는 말한다. "희망도 없고 기쁨도 사라졌어."(「고흐의 빛」) 이런 측면에서 오래전 『난쏘공』의 유명한 다음 진술은 어쩌면 『자연사박물관』의 인물들에게 정확히 해당하는 말일 수도 있겠다.

천국에 사는 사람들은 지옥을 생각할 필요가 없다. 그러나 우리 다섯 식구는 지옥에 살면서 천국을 생각했다. 단 하루라도 천국을 생각하지 않은 날이 없다. 하루하루의 생활이 지겨웠기 때문이다. (조세희, 『난장이가 쏘아올린 작은 공』, 문학과지성사, 1978, 83쪽)

그러나 『자연사박물관』의 '나'-아내는 천국을 생각할 여유도 없다. '나'는 말한다. "천국을 상상할 수 없다는 건 천국이 없기 때문일지도 몰라요."(「인생 이야기」) 『난쏘공』의 인물들이 유토피아를 꿈꿨던 것은 그만큼 현실이 절망적이었음을 반증하는 것이지만, 『자연사박물관』의 세계는 이미 그 꿈과 유토피아에 대한 열망조차 상실돼버린 세계다. 오히려 어느 쪽인가 하면, 비록 잠깐이지만, 꿈꿨던 것을 후회한다.

엽서 옆에는 『러시아혁명사』니, 『제3세계 민중의 운명』이니, 『노동자여 단결하라』 따위의 책들이 꽂혀 있었다. 재이아빠와 내가 대학 시절에 읽던 것들이었는데, 그러니까 저 책들을 읽고 기억하지 않았더라면, 그리하여 민중의 운명이니, 단결하는 노동자 따위의 꿈을 꾸지 않았더라면……(「고흐의 빛」, 130쪽)

그랬더라면, 이 가혹한 현실은 달라질 수 있었을까? '나'의 이 진술은 뼈아프다. 무엇보다 '나'가 대학 시절 시위 현장에서 만난 남자와 함께 운동을 하고 오랜 연애 끝에 결혼해 노동해방을 꿈꾸며 현장에 투신했던 인물이었기에 더욱이나 그렇다. 노동운동가인 '그'—남편은 공장의 노예로 충실히 살아가는 한편 끊임없이 노조를 만들어 싸우려 하지만 추락에 추락을 거듭하고, 덕분에 양육과 생계를 홀로 떠안은 '나'—아내는 생존의 위협과 불안에 시달린다.

이 소설집의 특별함은 이처럼 대학 시절 운동가로 성장해 노동현장에 투신했던 노동운동가 가족이 지금 현재 겪고 있는 잔혹한 삶의 속살을 가차 없이 파헤친다는 데 있다. 작가는 강철 같은 신념도, 미래에 대한 희망도 어느새 잃어버린 채 그저 하루하루를 힘겹게 버텨가는 이 노동자/노동운동가 부부의 실상을 어떠한 장식이나 자기 합리화도 없이 담담하고 냉정하게 해부한다. 그런 접근 방식의 미덕은 또 그것대로 의미 있는 것이지만, 중요한 것은 그럼으로써 이 소설집이 우리 사회의 한편에 엄연히 존재하지만 우리 문학이 그동안 외면하고 보지 않았던 삶의 한 풍경을 가시화한다는 사실이다. 『자연사박물관』의 새로움은 바로 거기서 온다. 이것이 노동자 가족의 삶이라는 일면 전통적인 소재를 다루는 이 소설집이 21세기 포스트모던 한국 사회에서 갖는 새로움의 역설이다.


3

모든 것은 한 외국인 노동자의 죽음에서 시작되었다. 분쇄기에 손을 잃고 목을 매 자살한 방글라데시 노동자 아불의 죽음(「고흐의 빛」)이 그것이다. 그에 자극받은 노동자들은 노조를 만들어 싸웠으며 '그'—남편은 해고되었고 기어이 굴뚝에 올랐다. 그리고 "아불이 죽은 후 재이의 그림 속 소녀들의 손은 모두 사라지고 말았다."(「고흐의 빛」) 아불이 죽은 지 칠 년이나 흘렀어도 딸 재이가 손 없는 소녀의 그림만 그리는 이상 행동을 계속하는 것도 그들 가족의 운명이 이 땅의 노동자 전체의 운명과 뗄 수 없이 얽혀 있음을 상징적으로 보여준다.


"왜 손발을 그리지 않는 거야?" 낮에 재이에게 물었을 때 재이는, "그게 없으면 힘들지 않을 테니까, 실수도 안 할 테니까……" 더듬거리며 말했다.

저기, 공장, 방글라데시 사람이라는데, 앤과 내가 어릴 때 들었어. 숲에서 놀 때. 그거, 기계에 손이 들어가서, 손가락이 네 개

나, 그게 실수였나? 그래서 자기 나라로 쫓겨날까 봐, 그 방글라
데시가 목을…… 손이 없었으면…… 재이가 두려운 목소리로 더
듬거리며 내게 해준 이야기는 몇 년 전에 있었던 폐자재 공장의
방글라데시 노동자 '아불'의 일이었다.

　　남편의 삶을 바꾸고 재이의 그림 속 소녀들의 손목을 잘라간
그 아불의 죽음.(「재이(在以)」, 164쪽)


『자연사박물관』의 세계는 그렇기 때문에 더욱 멈출 수 없
는 싸움의 불가피함을 받아들이면서도 간단치 않은 삶의 무
게에 어쩔 수 없이 흔들리고 좌절하고 회의하는 노동운동가
가족의 내면을 가감 없이 펼쳐놓는다. 이 소설집의 득의의 지
점은 바로 그곳에도 있는데, 그 중심은 다름 아닌 소설집 전
체의 실질적인 주인공이라 할 수 있는 '나'―아내의 간단치 않
은 심리적 풍경의 디테일이다. 그녀는 더 이상 남편과 섹스
는 안 하지만 연애를 좋아해 지금도 혼자 연애소설을 쓰고 있
고, 어릴 적에 담배를 너무 피워 폐가 망가져 있고, 종종 느닷
없는 분노를 터트리고 항상 피곤에 지쳐 있다. 그녀는 누구인
가? 그녀는 대학 시절 학생운동을 하다 지금의 남편을 만나
함께 노동운동에 투신했으나 이후 노동단체를 떠나 비정규직
상담원으로 일하며 노동운동가의 아내로 살아가는 인물이다.
가난한 노동운동가 남편과 함께하면서 겪은 지긋지긋한 궁핍
과 고단한 삶의 사연이야 이루 말할 것도 없겠지만, 그 이전

에도 이미 그녀는 충분히 불행했다. 「재이(在以)」에서 그녀(이하 '나'로 지칭)는 그 불행했던 개인사를 이렇게 요약한다.

나의 어린 시절은 얼마나 불행했던가. 엄마와 아버지는 매일 밤 죽자고 싸워댔다. 정말이지 같이 죽자는 형국이었다. 그 때문에 나는 두 번이나 음독을 했고, 불행에서 도망치기 위해 짧은 연애와 실연을 거듭했다.

그 정점은 엄마의 자살이었다. 맙소사.

엄마가 죽어버린 뒤에 아버지도 죽었고, 마침내 나는 최초의 운명에서 풀려났다.(「재이(在以)」, 144쪽)

'나'는 말한다. "나의 전생 삼십칠 년은 지옥이었던 거예요. 지옥!"(「인생 이야기」) 그러나 그렇게 해서 가까스로 지옥을 벗어난 '나'를 기다리고 있던 세계가 또 다른 지옥이 아니었다고 할 수 있을까. 가망 없는 싸움을 힘겹게 지속하는 남편과 함께 겪고 있는 그 세계는 "결국 무언가 할 수 있을 것이라는 꿈을 꾸다가 누군가는 비틀거리고, 전향하고, 남은 몇몇은 거리나 굴뚝 위로 몸을 던"(「크라운 공장 노동자 가족」)지고야 마는 그런 세계다. 그러나 그보다 사실 '나'가 겪는 진짜 지옥은 마음의 지옥이다. 승산 없는 싸움을 다시 시작하려는 남편을 지지하면서도 "미안해, 함께 추락하기 싫어……"(「자연사박물관」)라고 말할 수밖에 없는 마음의 분열은 그래도 그나마 견딜 수 있는 편이다. '나'의 마음을 극한으로 몰아가는 것은 미래가 보이지 않는 막막한 오늘의 삶과 가족의 안위와 생존에 대한 지독한 불안이다. 가령 「고흐의 집」에서 '나'는 말한다. "이 집이 얼마나 좁고 어둡고 추운지, 그래서 식물들과 물고기가 모두 죽거나 사라졌을 때 얼마나 겁이 났는지, 재이도 재이아빠도 그렇게 사라져버릴 것 같아 얼마나 불안했는지."(「고흐의 빛」) '나'는 속수무책으로 마음을 잠식하는 그 불안을 숨기지 않고 소설집의 곳곳에서 발설한다.

그리고 억압된 '나'의 불안은 느닷없이 방향 잃은 분노로 터져나오거나 편집증적 증상으로까지 번져간다. 자기는 먹지도 못하는 닭똥집을 남편이 안 사다준다며 분노하고(「자연사박물관」), 딸의 부주의함에 대한 남편의 무관심에 "약이 오르고 화가 치밀어서 견딜 수가 없"(「재이(在以)」)어 한다. 심지어 딸 재이의 증상 때문에 남편과 함께 병원을 찾은 '나'는 엘리베이터에 같이 탄 낯선 남자가 송곳으로 찌르려 한다는 편집증적 망상에 시달린다.(「재이(在以)」) 불안의 원인을 애써 다른 사소한 것으로 돌려버리는 '나'의 사고도 그 연장선상에 있다. 예컨대 "이따금 불안과 분노로 방 안에 틀어박혀 운다"(「재이(在以)」)는 '나'는 "이 모든 것이 재이의 저 망할 부주의 때문이 아닌가!"라고 말하는 것이다.

결혼을 하면서 연애와 실연 따위로 괴로워할 일도 없었다. 내 인생은 바뀌었고, 나는 충분히 행복할 수 있었다.

재이가 그토록 부주의한 아이가 아니라면.

그리고 그 애의 아버지이자 내 남편이 이렇게 침묵하지 않는다면.(「재이(在以)」, 144쪽)


'나'는 "나를 위협하는 것은 무엇일까. 남편인가 재이인가. 지친 이웃인가. 공장인가"라고 자문한다. 그러나 '나'는 물론 이 모든 것의 진짜 원인을 알고 있다. 느닷없이 터져나오는 분노와 편집증적인 집착이 생존의 불안과 공포를 잠재우기 위한 스스로의 안간힘이라는 것도. 작가는 이렇게 불안에 시달리는 '나'의 분열적인 마음의 지도를 통해 운동권 출신 노동운동가의 아내라는 인물형에서 연상할 법한 익숙한 스테레오타입을 해체하면서 노동가족이 처한 현실을 더욱 드라마틱하게 부조한다. 그리고 바로 그것이 이 소설집이 노동자/노동운동가의 현실을 그리면서도 기존의 노동소설과 차별화되는 새로운 영역을 열어 보인 지점이기도 하다. 이를 가능하게 한 주요한 축으로 작용한 것이 다름 아닌 아내이자 엄마인 여성의 시선이었다는 점도 여기서 특별히 강조해야 할 것이다.


4

그에 더해, 노동운동가의 아내 '나'의 심리적 풍경을 한층 입체적으로 만드는 것은 이 소설집의 한가운데 자리잡고 있는 아버지의 이야기다. 「인생 이야기」에서 '나'는 어릴 적 아버지 때문에 겪었던 불행한 가족사와 그후 자기 눈앞에서 숨을 거둔 아버지의 허망한 죽음을 회고하고, 「노블카운티」에서는 고모할머니를 방문해 그의 오랜 상처의 근원이 어디에 있었는지를 듣게 된다. '나'는 왜 어머니를 자살로 내몰고 어린 '나'를 가난과 폭력의 공포로 떨게 했던 주정뱅이 아버지의 삶을 추적하는가? 그것은 일차적으로 "그가 어떤 이유로 그녀의 가엾은 어머니와 그들 남매의 지옥이 되었을까"(「인생 이야기」)라는 물음에 대한 해답을 구하기 위한 것이겠다. 그래서 '나'는 말한다. "다시 태어난다면 아버지가 태어난 그날로 돌아가고 싶다고 생각한 건 그때부터였어요. 내 눈으로 확인하고 싶었지요. 그리고 묻고 싶었어요. 왜 그렇게 살았느냐고."(「인생 이야기」) '나'가 알게 된 바에 따르면 신여성이었던 아버지의 친모는 유모 방에서 아버지를 낳고 쫓겨났고 모친이 바람나 도망쳤다고 들은 아버지는 평생을 그 상처 때문에 모친을 원망하면서 외롭게 자랐다는 것이다. 상처는 그렇게 시작됐다. '나'는 짐작한다. "혹 거짓으로 만들어진 친모에 대한 애증이 그녀의 가엾은 어머니에게 모질게 전가된 것은 아니었을까."(「인생 이야기」)

그러나 '나'가 아버지의 사연을 추적하는 이유가 단지 불행한 가족사의 기원을 이해하기 위해서만은 아니다. 그것은 이제 죽고 없는 아버지를 이해하고 그와 화해하려는 시도인 동시에 불행했던 '나'의 상처의 오래된 기원으로 거슬러 올라가 그 속에서 자기의 진실을 새롭게 읽고 발견하려는 자기 탐구의 노력이기도 하다. 그리고 그러한 노력이 또한 불행한 과거의 상처를 자기의 불가피한 일부로 감싸 안으려는 자기 긍정의 시도와 별개가 아님은 말할 것도 없다.

『자연사박물관』에서 펼쳐지는 이 고단한 노동가족 생존기에 왜 아버지의 이야기가 포개져야 했는지가 여기서 드러난다. 그리고 우리는 이해하게 된다. 오래된 아버지의 시간으로 거슬러 올라가는 '나'의 회고적 탐구가, 종국에는 비록 힘들고 두렵더라도 오늘의 삶의 고통을 긍정하고 '나'의 것으로 감싸 안고 버텨내려는 의지와 불가분하게 연결되어 있음을. 바로 그런 이유로, 앞으로도 이 선한 노동가족이 그들 몫의 힘겨운 싸움을 쉽게 포기하지 않을 것임을.

이쯤에서 우리는, 노동운동가의 아내인 '나'가 다름 아닌 소설을 쓰고 있었다는 사실을 기억할 필요가 있다. 그러면 우리는 "나의 지옥"(「인생 이야기」)이었던 아버지의 역사를 회고하고 감싸 안으면서 벌어지는 저 모든 마음의 드라마가 결국은 '나'의 소설 쓰기의 동력으로도 작용하리라는 것을 어렵지 않게 짐작할 수 있다. 그리고 "소설 쓰는 k선생"은 이를 이미 알고 있었다.

한때 소설 쓰는 k선생은 그녀에게 이런 말을 했다. '네 아비의

시궁창 같은 삶이 네게는 보석과도 같을 거다.' 계룡산 동굴에서
도를 닦았다는 소문이 있기는 하나, 도무지 이해할 수 없는 말이
었다. (……) k선생의 문하에서 수년 간 글공부를 하며 그녀는 어
느덧 아버지를 늦겨울에 날아든 나비처럼 연약하고 애처로운 어
린아이, 이생의 회오리에 어쩔 도리 없이 휩쓸려야 했던 본래의
여리고 순한 청년으로 느끼고 있었으니, 보석까지는 아니더라도
k선생의 그 말이 아주 틀린 것은 아니었나 보다. (「인생 이야기」,
75쪽)

k선생의 예언처럼 아마도 그녀/'나'는 "보석과도 같은" 소
설을 쓰게 될 것이다. 이제 첫 소설집을 낸 작가 이수경의 이
후 소설을 더욱 기대하게 되는 이유다.

작가의 말

　작가 조세희 선생은 '파괴와 거짓 희망, 모멸, 폭압의 시대'
였던 칠십년대, '내란 제일세대 군인들이 억압 독재를 계속하
지 않았다면' 「난장이가 쏘아올린 작은 공」은 태어나지 않았
을 것이라고 '작가의 말'에 썼다. 그 슬프고도 아름다운 글의
전문을 첫 문장부터 마지막 문장까지 기억한다. 그리고 부조
리한 시대와의 반목과 대결로 태어난 '난장이 연작'과 같은 소
설이 있었기에, 나도 소설가가 되어도 괜찮겠다고 생각했다.

　내가 청년기를 보낸 80년대는 70년대의 연장선이었고, 우
리 세대는 '80년 광주 이후'를 살아가야 했다. 하지만 87년의
항쟁을 경험했고, 노동자들의 눈부신 진출과 그들에 대한 모

진 탄압 또한 목격해야 했다. 그리하여 그 시대가 나에게 가르쳐준 것은, 세상에 대한, 그 세계를 떠받들고 있는 사람들에 대한 분명한 자각이었을 것이다.

'낙원구 행복동'의 난장이 가족은 이만큼 넓게, 멀리 와 있다고 말하고 싶지만 말할 수 있을까.

4년간의 원고가 모여 첫 책이 되기까지, 찬명, 주연, 준식, 또 하나의 난장이 가족이었을 그 이름들과, (에콰도르의 수진, 경순, 우빈, 그리고) 아직도 굴뚝을 내려오지 못한 사람들에게 슬픔과 고마운 마음을 전한다.

2020년 오월에

# 자연사박물관

ⓒ 이수경

| | | |
|---|---|---|
| 1판 1쇄 발행 | | 2020년 5월 28일 |
| 1판 5쇄 발행 | | 2023년 3월 27일 |

| | | |
|---|---|---|
| 지은이 | | 이수경 |
| 펴낸이 | | 정홍수 |
| 편집 | | 김현숙 임고운 |
| 펴낸곳 | | (주)도서출판 강 |
| 출판등록 | | 2000년 8월 9일 (제2000-185호) |

| | | |
|---|---|---|
| 주소 | | 서울시 마포구 동교로 17안길 21 (우 04002) |
| 전화 | | 02-325-9566 |
| 팩시밀리 | | 02-325-8486 |
| 전자우편 | | gangpub@hanmail.net |

값 13,000원
ISBN 978-89-8218-258-7    03810

이 도서의 국립중앙도서관 출판예정도서목록(CIP)은 서지정보유통지원시스템 홈페이지
(http://seoji.nl.go.kr)와 국가자료종합목록시스템(http://www.nl.go.kr/kolisnet)에서 이용하실 수 있
습니다. (CIP제어번호 : CIP2020020418)

• 이 책은 2019년 대산문화재단 대산창작기금의 수혜를 받았습니다.
• 수록작의 일부는 토지문화관 창작실에서 쓴 작품입니다.

• 잘못 만들어진 책은 구입처에서 교환해드립니다.